第一の手記

第一の手記

灼熱《しゃくねつ》からはじまる。

腹のあたりに猛烈なかゆみが走る。脈動を感じたらそれが蘇生の合図になる。射精するような快感のあと、意識が意識として存在することを確認する。

笑え、という声がする。笑え葉藏《ようぞう》、と声が迫る。

死と蘇生のはざまで、葉藏はいつもの幻影を見る。得体のしれないヒトガタが、おのれの首を絞めている。苦しい。息苦しい。せっかく再生した意識を手放しそうになる。よだれがとめどもなくあふれる。声は止まらない。葉藏、と名前を呼ばれる。笑え、と迫られる。おそろしい力で首を絞められる。苦しい、息苦しい。こんなに苦しくちゃ、笑いたくても笑えない。どうしてそうしなければならないのかもわからぬまま、葉藏はありったけの悲しみを込めてヒトガタを凝視して――。

覚醒《かくせい》する。


目覚めたのは、自分の部屋だった。肌が汗ばんでいる。呼吸が乱れている。埃《ほこり》だらけの床に、ボトルが転がっている。ラベルには指定薬物であることを示すカラー。中からこぼれだした錠剤の白さが、蘇生《そせい》直後の網膜にこたえた。

いつものように、カルモチンを飲んだのだった。致死量を超えているのは知っていた。死ぬために飲んだのだから。

「起きたか、葉蔵」

「正雄《まさお》さん」

寄ってきた堀木《ほりき》正雄が葉蔵の目をのぞき込む。蘇生が無事に済んだことを確認したのか、もう良いだろう、と微笑をたたえながら言った。優しい声音だった。眼鏡の位置を直し、正雄は後ろに撫《な》でつけたグレーの髪に触れた。危ういほど立った鼻梁《びりょう》に、わずかな影が落ちた。まだ二十歳にもならない葉蔵には持ち得ない影であるように思えた。

傍らで、舌打ちの音がした。竹一《たけいち》がこちらを見下ろしている。〈S.H.E.L.L.〉に連絡をして、自分を蘇生させたのはこの男だろう。その竹一の輪郭を、逆立てた髪の分まで、窓から差し込む夕日が丁寧に縁取っている。日が傾きはじめたころに死んだのだから、数時間もたっていない。

夕日は、美しくない。汚染された空気が輝きを拡散させるから。

「みょうちくりんなモン描いてないで電話出ろよ、葉蔵」

「みょうちくりんなモン？」

「それだそれ」

竹一が顎《あご》をしゃくる。葉藏の目の前にイーゼルがあり、イーゼルにはキャンバスがかけてある。そうだ、この絵を描いていたのだ。無性に何かを描きたい気持ちはあるのに描くべきものが定まらず、感覚のままに描き殴っていたのだった。その半ば、陰っていく太陽に耐えきれずに、薬物をあおった。

いや、耐えきれなくなったのは太陽にではない。だんだんと姿をたしかなものにしていくこの絵そのものに、なぜか耐えきれない悲しみを感じていた。その意味を問うことから逃げたくて、葉藏は何度目かもわからぬ自殺をした。

絵筆を握ったままだった。絵具はとうに乾いて固まっている。これではもう、何も描けない。

「だいたい、何の絵だよそれ」

竹一の質問には、葉藏より先に正雄が答えた。

「自分に向き合って、行き場を失ったか。もしかすると、自分自身の絵か？」

「自分自身？　正雄さん、笑えない冗談っすよそれ。そんな、なんつーか、鬼みてえな顔してねえでしょ葉藏は。どっちかっつーと生意気にも良い顔ですよ。きれいな顔」

と、竹一はいやそうな顔で言った。

「そうか、そう言われればそうだな。竹一の言う通りだ」

キャンバスの中央には、赤と黒が暗くひしめいている。その寄せ集めがかろうじて人間らしきものの輪郭をなしている。口は陰惨なまでに割け、目はすさまじいほどに見開かれ、まがまがしい角が生えている。鬼といえば、そう見えなくもない。むしろ、それ以外の何に見えるだろう。

「下のバアにも何点か飾ってあった。君は、よく絵を描くんだな」

「そうですね、たまに」

「よく言うぜ。最近は食うか寝るか描くかしかねーだろ。あ、たまに死ぬ、があったか」

「なぜ、そんなに絵を？」

「わかりません。ただ、むかし一度だけ、竹一がほめてくれたことがあった」

「それがきっかけ？」

「そうかもしれない」

「美しい友情じゃないか」

正雄はからかうように笑い、竹一は顔を赤くしている。夕日のせいだけではないだろう。こういう男なのだ。あれはそんな深い意味で言ったわけじゃなくてだな、とぶつぶつ言っている。

「迫力のある、良い絵だ。インサイドに持っていけば高く売れるかもな。良い画商を紹介しようか」

「そりゃいいっすね。今まで面倒を見てやってたんだから、今後は葉藏画伯に食わせてもらうとするか」

「好きな絵を持っていってくれていいよ。それが役に立つなら、おれはどうでもいい」

「葉藏、お前のそういうところな」と何かを言いかけ、やっぱもういい、と竹一は言葉を飲んだ。

竹一にはむかしから世話になっている。インサイドからアウトサイドに移ってきてからはずっと同じ施設で育って、同じ空気を吸ってきた。竹一がいなくても絵は描いていただろう。ただ、描くものは変わっていたかもしれない。

「って、んなことはどーでもいいんだよ！　さっさと支度しろ葉藏。今日は特別な日だからお前も来いっつったろ？」

「特別な日？」

「世界を変える暴走族の一員になれってさ！」

そういえば聞いていた決行日時は今夜だった。正雄の知恵を借りて竹一が立てた計画。もう何十回目かになる、インサイドへの突貫作戦。

気は、進まない。

「でも」

「でもじゃねーよ、テンション上げてくれよ、頼んまっせ葉藏先生！」

竹一はいつもこうだ。生きることに飽きている葉蔵の心に、何かの火をつけたいのだ。意義を認められなくとも、竹一の情熱に寄り添う方が、今までのように女や大麻や覚せい剤に溺《おぼ》れるよりはマシだろう。不甲斐《ふがい》ないのは、そこまでわかっていながら現実を受け入れることができずにいる自分のほうだ。

影が差した。正雄が動いている。視線を上げると、目が合った。唇が妙になまめかしく、夕日をはじいている。それを割って、正雄の言葉が滑り出た。

「笑えよ、葉蔵」

嫌な言葉だった。

汗が浮いた。じっとりと。

「竹一の言う通り、特別な日だ」

瞳《ひとみ》を見返しながら、喉《のど》に詰まった言葉を吐き出せない。

「な、行こうぜ」

竹一が肩に手を回してくる。正雄の目も、竹一の顔もまともに見ることができず、キャンバスに視線を逃がした。

笑っている。

鬼の顔が。

「わかった」

消え入りそうな言葉は、勝手に出てきた。声の響きが消えた後も、取り返せない過ちを犯してしまったような居心地の悪さだけが、積もっていく塵《ちり》のように、いつまでも部屋に残った。

「よく決心したな、葉藏」

正雄がこちらの目をのぞき込む。なにかを測られているのだと悟る前に、視線はそれた。

「俺は準備がある。夜になる前に境内でな」

正雄が部屋を後にする。扉が開いて、閉じた。

「正雄さん、やっぱクールだねえ。あこがれるぜえ」

「そうだね」

「んじゃ、俺たちも準備をはじめるとすっか」

竹一が、聞き覚えのない曲の口笛を吹きはじめる。

生きたくもないから無意味な自殺を繰り返す自分と、それでも生きる意味を追い求める竹一とでは、考え方の土台が違う。

だから、竹一が連れてきた「おれたちの志に共感して知恵を与えてくれる立派な紳士」であるところの正雄が、実のところ、葉藏はすこし苦手だった。

四大医療革命〈GRMP〉と健康保障機関〈Sound Health Everlasting Long Life（S.H.E.L.L.）〉によって、半世紀前、日本国民はついに病苦と怪我《けが》を完全に克服した。人類史に刻まれるであろう偉業を成し遂げた結果として、昭和一一一年、この国は無病長寿大国として世界の耳目を集めている――。

「なんて下らねえ話だ。高尚すぎて大便の匂いがするぜ」

〈S.H.E.L.L.〉が公式に配布するリーフレットをつまらなそうに音読したあと、けがれたものを扱うように指先でつまみ、竹一はそれを炎の中に放り込んだ。ドラム缶の中の炎は、濃淡を循環させながら、小気味の良い音を立てて冊子を喰らい尽くした。〈S.H.E.L.L.〉の存在をこのように毛嫌いする人間は、この国では極めてまれだ。

「要するに、俺たちは好き勝手に死ぬこともできねえ体にさせられちまったってだけの話じゃねえか。そりゃ、こんだけ人死にが減ってんだから、寺の需要もなくなるってもんだ」

放棄されて久しい寺の境内に、続々と不良少年が集まってくる。改造された巨大スピーカーからは音楽と騒音の中間のような爆音が吐き出され、あちこちでバイクの状態をテストする轟音《ごうおん》が鳴り響く。お堂の屋根にネオンで掲げたチーム名は、「ROUTE16 ANARCHY」。名付け親は竹一だ。センスを論じるのは避けるのが友情というものだろう。

さして広くもない敷地にひしめくのは、無限の安全と安心によってかえって生の実感を奪われた若者たちの鬱憤《うっぷん》だ。死を前提にした消費活動に集中することによってだけ、彼らは命の意味を考えることから逃れられる。

日はとっぷりと暮れたが、星は見えない。この国で星空が絶滅したのはいつのころだったか。すくなくとも、葉藏の生まれる前であったには違いない。

「そういや葉藏、調子はどうよ?」

「悪くないよ」

「そりゃよかった」

数時間前まで死んでいたはずの体の調子は、冗談みたいにいつも通りだ。どうやら葉藏の体内に埋め込まれた〈GRMP〉は、十全に自分の仕事を果たしたらしい。

遺伝子操作（Genetic manipulation）、再生医療（Regeneration）、医療用ナノマシン（Medical nano-machine）、万能特効薬（Panacea）、それぞれの頭文字をとって〈GRMP〉という。四大医療革命そのものを指すはずだったこの言葉は、いつの間にかそれらの技術を搭載した万能医療ナノマシンの通称となった。全国民に投与され、宿主の健康状態に応じて増殖するこの〈GRMP〉を、〈健康効用を目的とした保障維持合意に基づくネットワーク（Health-Utility Maintenance-Agreement Network）〉、通称〈ヒューマン・ネットワーク（H. U. M. A. N = Network）〉でつなぎ、〈健康基準合格者〉

たちの健康状態とリアルタイムで同期させることで、全国民の健康を保つのが〈S.H.E.L.L.〉の仕事だ。サポートも万全で、事件事故によって重体となるような緊急時には、コールセンターでの対応でオペレーターが個別に〈GRMP〉を操作し、即座に対象を健康体へ戻す。

先ほどの葉藏のケースがそれだ。竹一がコールセンターへ連絡したことによって、葉藏は蘇生した。望むと望まざるとにかかわらず、この国において、人の命は続くのだ。

「なにが〈S.H.E.L.L.〉だ〈GRMP〉だ〈合格者〉だ。インサイドのジジイたちと同じ状態になるように、俺たちの体は埋め込まれたナノマシンでコントロールされてんだぜ」

「うん、まあ」

「あいつら、自分たちだけきれいな空気を吸っていい生活してよ。俺たちはネットにつないでなきゃ生きられない体にされてさ、生かさず殺さずで搾《しぼ》り取る気だぜ、チキショウ！」

「インサイドも、空気は汚染されてるよ」

「へえ、そうかい。けど、ここよりはマシだろうが」竹一は鼻で笑った。

〈健康基準合格者〉。国民の健康の「お手本」となるべき存在を、この国ではいまそう呼ぶ。百二十年以上を生きる老人たちを基準にして、日本国民の体は常に改造を受け続ける。その恩恵と言うべきか、労働者は健康を保ったままで一日十九時間もの長時間労働が可能であり、汚染されたアウトサイドの大気の中でも活動を続けられる。もっとも、治るとはいえ対策をしなければ喉を痛めることになるので、都市部の人間の大部分はマスクを手放さない。素顔のまま外を歩けないこの世界に、違和感を抱くのは少数派だ。

そのようにして日本はGDP世界一位を実現した。

首都圏を幾重にも取り巻く環状道路によってエリアは区分され、〈環の中心《インサイド》〉には政府中枢と富裕層が集まり、〈外側《アウトサイド》〉へいくほど貧しい地域が広がる。アウトサイドには東京中に張り巡らされた大規模換気ダクトによってインサイドの汚染空気が排出されており、環境の汚染度も高い。何よりも重要なこととして、許可なく外側から内側の住人になることはできない。

怪我と病気を克服しても、差別は残った。人類にとってより罪深いのは、どちらだったのだろう。

今年からは〈合格式〉などというものまではじまる。百二十歳まで長生きして、国主催の〈合格式〉に出席し、人間としての合格の証《あかし》をもらう。そういう新しい形の名誉にすこしでも情熱的になれたのなら、葉藏も竹一も、あるいは正雄やここに集った若者たちだって、今よりは幸せだったに違いない。頭ではそう理解していながら、それでもそうなりたかったとは欠片《かけら》も思えないあたり、どうやら葉藏に救いはなさそうだった。

「人間が」と竹一は言った。腹の底から出たような、重たい声だった。「人間であるには」

「あるには？」

「死が、必要なんだ」

立ち上がった竹一の目は、空気をゆがめる炎の照り返しをうけて、わずかに赤い。横顔は、精悍《せいかん》と言ってよさそうだった。馬を思った。竹一は馬に似ている。赤い世界を切り裂いて、まっすぐに風を巻いて走る、栗毛の馬。美しい毛並みの。

「なーんてな、これは正雄さんの受け売り」

「そういえば、正雄さんは？」

「あっちの陰で、自分の車の整備中だと」

「そう、そうなのか。ああ、いま、気づいた。その腕はいつからだ？」

「あ、腕？」

竹一はどういう抵抗のつもりか、左右ともに妙な義手をつけていた。先が割れて、マジックハンドのようになっている。指先を鋼鉄に変えたのは、バイクを操作しやすいからだろうか。

「言わなかったか？　工場の爆発で体半分持ってかれた時にな、ついでに改造した。こいつはバイクの操縦デバイスよ。俺たちの愛車はじゃじゃ馬だからな、こんくらいしねえと操縦がおぼつかねえ。そのうち生身の腕が生えてきちまうが、そんときゃ切っちまえばいい。だってよ、なにせかっこいいだろ？」

「かっこいいよ。すごく」

「お、意外。わかってんじゃん。お前もやりたかったら早く言ってくれりゃ良かったんだ。なーに、健康体だって構やしねえ。切り落としてつなげるだけだ、すぐ終わる」

実際、境内に集まったメンバーの右腕はすべてバイクの操縦デバイスに改造されている。五体すべて生身であるのは葉藏くらいのものだった。

ナノマシン入りの肉体を、生身と言ってよいのであれば。

「いや、それはいいよ。その手だと、筆が持てない」

「あー、なるほど、良くねえな」

「そう、困る」

うん、お前はそれでいい、とうなずいて、竹一は歩き出した。その眼には、濁り切った大気の向こうでぼんやりとした灯を抱く、インサイドの街が映っているのだろう。

「今日こそ自分を取り返してやる。インサイドにカチコミかけるってのは、そういうことだ。お前もわかんだろ、葉藏」

「まあ、たぶん」

「かー、つれねえなあ。大願成就《じょうじゅ》の夜だぜ、もちっとこう、楽しそうにはできないもんかねえ。にかっとさ、にかっと。大笑せよってやつだ」

「知ってるだろ、笑うのは苦手なんだ」

「苦手っつーか、見たことねえよ」

「おれもだよ」自分の大笑した顔なんて、想像もつかない。

これは支配だ、と感じている者は多くない。〈S.H.E.L.L.〉体制は多くの国民から歓迎されているし、〈S.H.E.L.L.〉で働くひとびとも、おのれの行いは善であると信じているに違いない。実際、尊いほどの使命感で、彼らは国を良くしようとしている。健康と長寿こそが、人類全体の悲願であると疑いもせず。

その切り捨てられた側面として、すべての人間から死ぬ権利と傷つく権利が奪われた。これが支配でなくてなんだというのか、と竹一は口癖のように言う。支配から抜け出す。ネットに接続せず、勝手に健康にされず、自分の体に自分なりの責任をもって生きる。竹一のいうのはそういうことだろう。傷つくのも、傷つけるのも、その傷を抱え込んで生きるのも、許されるべき自分の像だ。赤子が母親を信じるほどの無邪気さで、竹一はそのことを信じている。

そうであるとも、そうでないとも、葉藏は思わない。ただ、そうと信じて駆け続ける竹一の姿は美しい。見たこともない草原を走る馬の姿は、きっとこうしたものだろう。だから、横にはいたい。竹一の信じる何かが真実であるかどうかには、わずかながら興味があった。

　若者がひとり寄ってきて、竹一さん時間です、と言う。よっしゃ行くか、と竹一が答える。先ほどまで腰かけていた石段から思い切りよく飛び降りて、竹一が駆けていく。躍動する背中が、なぜか目に染《し》みた。


　竹一が鐘楼に登ると、百ほどもあるバイクの群れがいっせいにエンジンを起動させた。異様なフォルムだ。前輪の役割をジェットホバーが担《にな》っており、車体は通常の倍ほどもある。あきらかに違法な改造を施されたモンスターバイクを操縦するのは、竹一と同じように改造されたメンバーたちの右腕だ。バイクのコンソールに接続し、ヘッドライトを華やかに灯《とも》す。境内に並んだ鋼鉄の馬たちの猛《たけ》りを、葉藏は少し離れたところから見ていた。ネオンは、鐘楼の屋根だけではなく竹一の背後にも輝き、極彩色に夜を照らしている。影は、葉藏の立っているあたりにわだかまった。

　二度三度とあたりを睥睨《へいげい》した竹一が、おもむろに鐘の綱を手にし、耳を聾《ろう》する爆音をおさめるように梵鐘《ぼんしょう》を打ち鳴らした。重たるくあたりに落ちた響きの、その残響が消えるのを待って、ホロスクリーンが立ち上がる。映されているのは、この横浜からレインボーブリッジまでの地図だ。

　竹一の演説がはじまる。

「みんな聞いてくれ。〈S.H.E.L.L.〉は、俺たちのためだなんて言っちゃあいるが、実際は俺たちを家畜にしてんだ。健康になったおかげで、俺たちは生きてる実感ってやつを奪われた。本末転倒はなはだしいぜ」大げさな身振りで聴衆の注目を集め、竹一が声を張り上げる。「俺たちゃ道化よ！」

エンジンをふかし、集まった男たちが野次とも歓声ともつかない声をあげる。自分であおっておいてその声におののいたのか、竹一は大げさに耳をふさいで、うるせえ、などと怒鳴っている。このやり取りひとつ見ても、竹一がチームの全員から愛され、信じられ、認められていることがわかる。

うらやましいとは思わない。

「君は、ここでいいのか」

「正雄さん」

近づいてきた正雄に、うなずきを返す。竹一の主義や主張を信じ切っている彼らとでは、自分の立ち位置は異なっていてしかるべきだ。だから、葉藏は群衆に混ざらない。いつまでも傍観者ではいられないとは知りつつ、葉藏はいまだ、踏み出すべき一歩を決めあぐねている。

「今まで何十回もインサイド突貫に失敗してるが、今日は違う！」

声を振り絞った竹一が、大げさな身振りで示したのは、罰当たりなほどに装飾された霊柩車《れいきゅうしゃ》だった。車体の上にはどこから持ってきたのか、金メッキもまぶしい龍がいる。車内に載せているのは死者ではなく、大量の硝安爆薬だ。坑道などの爆破に使用されるもので、ひとたび引火すれば小さな建物くらいは消し飛ばす威力があるという。

葉蔵は正雄の表情を盗み見た。いつもと変わらぬ微笑に、底知れぬ恐ろしさを滲《にじ》ませている。爆薬は、正雄が用意したと聞いた。これは悪意か、でなければ善意か。それとも正義か。正雄の考えは読めない。

身振りの激しさを増し、竹一の演説は続く。

「これは俺たちと〈S.H.E.L.L.〉、俺たちとインサイドの勝負だ。どーせ死なねぇんだからよぉ、派手に花火をぶち上げて、道化の意地を見せてやろうぜ！」

あれで、ひとの上に立つ器ではあるのだろう。竹一が一言発するたびに、目に見えてチームの士気は高まっていく。理知的でも論理的でもない言葉が、人の心を奮い立たせることはあるものだ。いつだって、人を駆り立てるのは理屈ではなく感情なのだ。

メンバー間で、作戦の確認がはじまる。状況は常に共有しろ。先発隊は海底トンネルまでに機動隊の〈犬〉を蹴散《けち》らせ。中核隊は爆薬入りの霊柩車をブリッジまで守れ。それぞれが役目を持ち、責任を負い、文字通りそれに命を懸ける。見ようによっては美しい光景でもあるのかもしれない。

「おうおうお前ら、ちゃんとわかってんじゃねえか。そうだ、そんで、この俺がトンネル出口からレインボーブリッジまで、四十三秒フラット、走り抜ける。ゲート通過すりゃインサイド。俺たちの勝ちだ！」

行くぞ、と上げた竹一の叫びを合図に、境内からバイクの波があふれ出した。爆音をとどろかせて、ハイウェイを目指す。切れ間もなく眼前を通り過ぎていくバイクたちの上げる砂埃を割って、竹一が近寄ってくる。正雄が笑顔で迎えた。

「立派な演説だったよ、竹一」

正雄の手には、ボトルが握られている。キャップを外し、振る。中身が出てくる。カプセル。白と、青の。竹一はそれを受け取った。そして言った。

「これで、俺は俺を取り戻せるんですね」

「そうだ、竹一」

そこにどんな思いがあったのか。演説をしていたときとは違う色の炎を瞳に宿して、竹一はカプセルを握りこんだ。正雄が捌《さば》いているものの中でもひときわ純度の高い薬物だと聞いた。飲めば、まさに違った世界を味わえるものだと。

「葉藏、お前はあれで来い」

竹一が指さしたのは、改造されていない普通のバイクだった。これであれば右腕にデバイスを埋め込んでいない葉藏でも操れる。葉藏は愛車を持たない。用意がなければここで引き返そうかという気分がないわけではなかったが、これで退路はなくなった。気は進まないが、竹一の言う通りだ。どうせ死なないのだ。進む理由も戻る理由もないのなら、友人の誘いには乗るべきだろう。

竹一がバイクにまたがる様子を見て、葉藏もまたハンドルに手をかけた時だった。

「待ちたまえ」

「正雄さん？」

「君も飲め」

差し出されたカプセルを見て、葉藏は戸惑いを隠さなかった。

「でも」

「君も、真実が知りたいんだろ」

受け取る気はなかった。けれど、受け取っていた。真実、という単語に反応していた。ここにいる自分には、なにか大切なものが欠けている気がしていた。ずっと前から、何か大事なものを忘れているような。

それを、真実と呼んでよいものか。

このカプセルを飲めば、自分の中に空いている穴を埋められるような気がした。

「取り戻せ、本当の姿を」

正雄はみずから用意したグレーのセダンに乗り込んだ。バイクのように小回りの利《き》くものではないから計画を手伝う気はなさそうだったが、一方で、結末を見届けるつもりはあるらしい。

エンジンをかける。内臓を持ち上げられるような振動が走る。同じようにエンジンをかけた竹一が、カプセルを飲み込んでゴーグルとマスクをつける様子を見た。わずかな抵抗を押し殺して、葉藏も飲んだ。一瞬、夜がゆがんだ気がした。

真実、と正雄は言った。ということは、いま、おれたちが見ているものは何かの幻なのだろうか？

爆薬を満載した霊柩車、正雄が運転するセダン、無数のバイクが門をくぐって外へ出ていく。空には満月がかかっていた。汚染された大気によってにじんでいる。あたりの雲が、奇妙に奥行きを持たぬ影絵のように、青く照らされている。

インサイドの空は同じように煙っているのだろうか。それを、この目で見ることになるのだろうか。見たいとも見たくないとも思えぬまま、葉藏はハンドルを切った。バイクは軽快なエンジン音を立て、滑るように葉藏の体を運び始めた。

国道三五七号東京湾岸線。横浜からインサイドまで工場地帯を突っ切るハイウェイの、それが正式名だ。

無数のヘッドライトが、星のように流れていく。暴走集団は隊列を持たぬまま、一般車両を巻き込んで路上を席捲《せっけん》した。夜気を切り裂き静寂を打ち破り、集団はそれ自体がひとつの生き物であるように蠢《うごめ》きながら走り続ける。中心には霊柩車がある。

その最後方に、葉藏はいた。後ろには正雄の運転するセダンのみが続く。赤く爛《ただ》れたテールランプを見ながら、竹一の姿を探している。普通のバイクでは、集団に追いすがるのが精いっぱいだ。

前方で、大きな警報音が鳴った。先頭集団が速度違反の自動取締装置を通過したらしい。ここからは、交通機動隊ドローンとの追いかけっこになる。海底トンネルを抜け切るまで霊柩車を守り切れなかったらゲームオーバーだ。

ゲートから箱型の鉄塊が落下する。白と黒。パトカーの配色に倣《なら》っている。POLICEの文字を白く染め抜いた箱から、凍てついた音を立てながら足が生える。外見こそ街中でもよく見る箱型ドローンだが、交通機動隊のものは性能が違う。この〈犬〉は並外れた走行速度と、攻撃手段を持っている。ハイウェイを侵すならず者を取り締まる、ネットワークで制御された命を持たぬ鋼《はがね》の犬。いくつも投下された箱の犬。つぎつぎと集団を追走する犬、犬、犬。

群れになる。犬の群れ。四肢の先の鋼鉄の爪《つめ》がアスファルトを刻む音がする。そして満ちる。その音で。あたりいっぱいが。

時速百キロを余裕で超えて、犬たちはたちまち集団の内部に潜り込む。しかしそれが機械の限界か、それとも法規の限界か。聞く者のいるはずのない警告が響き渡る。

『制限速度を超えています。速度を落とし、車線左に停車してください』

これを呼びかけぬうちは攻撃をすることはできないのだろう。バイクの総数をはるかに上回る犬を相手にしなければならない無法者たちにとって、これは束《つか》の間《ま》のボーナスタイムになる。

「いいいりゃあ！」

集団のひとりが抜けだして、犬を側壁に押し付けた。並走を続けていた犬は抵抗の間もなく、不快な金属音と火花をまき散らしてスクラップと化した。あちこちで同じような火花が散った。蹴り飛ばされ一般車両に踏みつぶされる犬。体当たりを食らって吹き飛ばされる犬。残骸《ざんがい》となったそれらを間一髪のハンドルさばきでかわしながら、葉藏は集団にしがみつく。竹一はどこだ。

「犬が食いついた、川崎方面からも来るぞ」

景気よくクラクションを鳴らしながら、暴走集団は夜を駆ける。権力に媚《こ》びる文字通りの犬を蹴り飛ばし、通常では考えられない速度でハイウェイをひた走る。彼らの人生に、これほど痛快なことはないだろう。意気揚がり、意味をなさない雄たけびが充満する中で、しかし思い上がりのつけは支払わなければならない。感情を持たぬ犬たちは無残な姿で転がっていく同胞たちを顧みること一切なく、最後の警告を突き付ける。

『警告に従わない場合は、道路交通法第二十二条の二に基づき、実力を行使します』

犬の、あるいは権力の反撃が始まる。

無数の犬たちから、無数のワイヤーが射出された。肉を引き裂くことをいとわず、服やバイクにその先端の電極が接着する。かかってしまえば防ぎようがない。ワイヤーを通して流された高圧電流が、運転者の体の自由を根こそぎ奪い去る。ハンドル操作はおろか、重心のコントロールさえ失ったバイクは横転し、やはり後続の餌食《えじき》になった。スタンワイヤーだ。

ハンターの本性をむき出しにした犬の攻撃は見事だった。スタンワイヤーの発する青白い電流の輝きが、地上を走る雷となって犯罪者たちに裁きを下し続けた。集団を形成するバイクの数が、目に見えて減っていく。しかし脱落者を顧みないのは彼らも変わらない。どうせ死にゃしないんだ。唱えるように声をあげ、無法者もまた犬の駆除に精を出す。

火花のひらめきとともに、生き物の悲鳴と聞き紛う金属音が鳴り響く。クラッシュした残骸があげる火の手を置き去りに、前方に長く引かれた影を追いかけて葉藏のバイクは走る。楽しくはない。危機も感じない。それでも、体は興奮に震え始めた。

妨害によって速度をそがれたか、霊柩車の影が葉藏の視界に入ってくる。そこに近づく一匹の犬の姿とともに。

危ない、と叫んだはずの声は、マスクの中でくぐもって消えた。叫ぶまでもなかった。

犬のワイヤーは、霊柩車には届かない。

疾風のように現れた男のバイクに踏み砕かれた犬は、ぎゃんと、それこそ犬のような悲鳴を上げて反対車線まで吹っ飛んだ。

竹一だ。

後方の犬に中指を立てて、さらに速度を上げる。マスクがなかったとしても、後ろからではその表情はうかがえない。

興奮を抑えかねたライダーたちが、必要もないのに対向車線へ飛び出していく。クラッシュ、爆音、爆炎、火花。哀れなのはただ巻き込まれただけの一般人たちだ。今夜だけで三桁《みけた》に及ぼうかという人が重傷を負う。それでも、死にはしないだろう。〈GRMP〉は働き者だ。悪人も善人も一般人も、等しく魔法のように癒《いや》してくれる。

こみあげてきた反吐《へど》は、マスクのせいで吐き出せなかった。飲み下したら、気分が悪くなった。視界にもう、竹一はいない。

道程も半ばを過ぎている。政府の対応かどうか、先ほどから上空にはティルトローター機が見える。こちらの様子を窺《うかが》い続けるつもりだろう。まさか爆撃はされまいが、すべてを見抜かれているような気がして不快ではある。何が載っているか、誰が乗っているのか。明らかにならないまま、しかし葉藏の予測に反して、ヘリは速度を上げてハイウェイの彼方《かなた》へ消え去った。ここでの鎮圧をあきらめて、橋の出口にでも先回りしたのか。

　であるならば、竹一にとっては好都合だろう。

　しつこく追いすがる犬とチームとの争いは、いずれにも天秤《てんびん》を傾けないまま続いている。霊柩車本体への攻撃を試みる犬を、みずからの落車を覚悟の上で阻《はば》む者たちがある。爆発させるわけにはいかないのだろう。正雄がどれだけのコネクションを持っているかは不明だが、これだけの爆薬をふたたび揃《そろ》えるのは容易なことではないはずだ。

　ふと、寒気を覚えた。

　爆薬を満載した霊柩車。あれを爆発させたら、今度はひどいことになる。ただの突貫を試みていただけの今までとは大きく違う。この計画を先導した竹一にどのような報《むく》いが待っているのか。どう甘く見積もっても、これまで通りの日常には戻れまい。

　ふたたび視界に竹一をとらえる。犬も霊柩車も黙殺して、葉藏は速度を上げる。姿勢を低く、可能な限り風の抵抗を受け流す。竹一のぶれない姿勢がまぶしい。あの走りに比べると、自分の操縦のなんと無様なことか。

「おう、葉藏。まだいけるよな」

　こちらが必死に追いついたのを知ってか知らずか、竹一は軽い口を叩《たた》く。知らず詰めていた息を一度吐いて、葉藏は霊柩車を振り返った。

「本当に爆弾なんて使うのか？」

わずかな逡巡《しゅんじゅん》もなかった。ただ前方だけを見つめていた竹一の顔がはじめて横を向き、ゴーグルをかなぐり捨て、

「ああ！」

マスク越しでもわかる笑みを浮かべて、それだけを言った。葉藏は即答できない。回答の意外さが理由ではない。驚いたのはその瞳。竹一の目が、赤い。黒くあるべきはずの瞳孔《どうこう》までが真っ赤に染まって、まるで、それは。

「なんだ、その眼」

「へ、へへ、へへへ」うつむいて笑う。「正雄さんの薬のせいか、なんかすげえいい気分だ。俺、ほんとに今日で全部終わりにできる気がしてきたわ！」

「竹一！」

葉藏の制止は届かない。猛る馬を駆り立てるように、竹一は車体の前を浮かし、アクセルを開いた。吹き出される熱がいっそう激しさを増し、ただ異様な印象だけを残して、三度、竹一は葉藏を置き去りにする。

「竹一」

名前を呼んだ。返事はない。速度を上げる。限界まで。それでも、この身に纏《まと》わりついたいやな予感は振り払えなかった。

竹一の背を見失わぬように必死に食らいつく葉藏のその眼前で、海底トンネルが入り

口を開いている。その先は、光の一切を吸い込む闇《やみ》だ。

暗い。

トンネル内でもチームと犬の争いは続いた。破壊される犬と落車する人間の割合はちょうど半々といったところか。互いに数を減らし続けたせいで、先ほどまでのような熾《し》烈《れつ》さはない。淡々と機械は壊れ、人体が損なわれていく。

犬は霊柩車を狙《ねら》い、チームはそれを阻む。レースの行きつく先は、この先数キロの地点で待っているだろうトンネルの出口と、レインボーブリッジの東門だ。

転倒したバイクが、橙《だいだい》に輝くライトに照らされながら路上を滑る。霊柩車が迫る。反応は人間の限界を上回る。運転者がよけきれずに乗り上げて、バランスを崩す。爆薬を満載した巨大な車体が傾き、そのまま転倒しそうになる。

「ああああああああ！」

裂帛《れっぱく》の気合と共に、下敷きになるのをいとわず倒れ掛かる車体の横に滑り込んだのは竹一だった。片足を掲げ、バイクの出力を最大限に上げ、車体を蹴り返す。竹一の義足が砕け散る。さらには筋肉のいくらかはやられたに違いない。それさえ、問題にはならない。

「大丈夫か、竹一！」

後ろから張り上げる葉藏の声など、むろん耳には届かない。竹一の目は、テールランプよりも赤い。

「このままいくんだよ、インサイドに。勝つのは俺たちだ!」

爆音がうなる。意思の強さを推進力に変えて、地上最速を自称する竹一の愛車が限界までエネルギーを燃焼させる。見え始めたトンネルの出口へ向け、黒い鋼の塊はわき目も振らず独走した。葉藏に、追いつけるはずもない。

竹一がトンネルを出る。霊柩車が続く。あれほどいたはずのメンバーたちの姿はあらかた消えてしまった。遅れて外に出た葉藏の視界の極みで、竹一の背中はすでに豆つぶほどになっている。どれほどの速度を出しているのか。にじんだ月の下で、竹一の赤い瞳が忘れられない。

「追いつけない」

どうせ、死にゃしねえ。

真実に違いない竹一の戯言《ざれごと》が耳に残っている。嫌な予感がする。特別な夜だと言った正雄の声がよみがえる。いや、はじめにそう言ったのは竹一だったか。特別な夜。いつもとは違うことが起こる夜。

何が起こる?

こみ上げる不安のままに、葉藏は唯一《ゆいいつ》の友人の名を叫ぶ。聞こえぬと知っていても、叫ぶ。叫ぶしかない。それしかできないのだから。

「竹一。竹一！」

そして、夜が眩《くら》む。

「あ？」

全身を跳ね上げるほどの大きな鼓動がある。視界に赤い霧がかかる。血煙でできたような、べっとりと肌にねばりつく嫌な霧。これはなんだと自問する前に、ようぞう、とおのれの名を呼ぶ鬼の声を聞いた。

忌々《いまいま》しいいつもの、あの声だった。

幻聴の次には幻覚が来る。決まり切った事柄のように、それはやってきた。見たくないものほど克明に見える。飛ぶように流れる風景が消える。そして、ハイウェイを満たす霧の中から、見覚えのあるヒトガタが姿を現した。

『葉藏』とそれは言う。『笑え』

返答は言葉にならない。何を答えるべきかもわからない。常軌を逸した速度での暴走が、脳の妙なところを刺激したのか。覚めて見る幻覚ははじめてだった。正雄の薬の影響か、あるいはすでに自分は事故を起こして仮死状態に陥っているのか。気づいてみれば握りしめているはずのハンドルの感触もおぼつかない。そうか。これが、これこそが幻覚か。死と生のあわい、蘇生の過程でだけ見るおぼろな夢か。そうだ、忘れていたの

はこれだ。おれは一度死んだのだ。あの時、首を絞められて。ならばここにいる自分は

――。

こぉん、と遠くで音がした。

瞬《まばた》きほどの静寂のあと、はるかに見えないはずのレインボーブリッジの東門ゲートが見えた。これも幻覚か。それにしては色気がない。交通機動隊の指示か、扉が下りる、封鎖される。少しずつ、葉藏もその行き止まりに近づいていく。数秒もあったかあやしい自失を超えて、この意識と体はいまだハイウェイのただなかにある。

体が、おかしい。

意識も？

ゲートに向けて爆走する車体がある。金色の龍を車上にいただいた霊柩車だ。運ぶのは死者ではなく爆薬。こじ開けるのは冥府《めいふ》に続く門ではなく、インサイドへ至る鉄の関。運転する人間の無事など、はじめから勘定には入っていない。アクセルベタ踏みの速度そのままに、焼け付くエンジンの叫びをまとい、霊柩車が封鎖扉へ激突する。

爆発、爆音、遅れて爆炎が噴き上がる。

ゴーグル越しにも網膜を痛めつけるその輝きが、作戦の第一段階の成功を告げていた。

橋の入り口を封鎖されるだろうことは織り込み済みだった。持ち込んだ爆薬でその扉を粉々に打ち崩し、こじ開けた穴から橋へと侵入する。

しかし、この煤煙《ばいえん》。赤と黒に世界が塗りこめられる。思わずアクセルを緩めた葉藏の正面から、引き返してくる赤いものがある。奔馬。吐く息は灼熱を宿し、燃え盛るたてがみを背後へ引く。しなやかに躍動する脚、その筋肉。爆音をつらぬいて伸びるいななき。影すら蒸発する地獄絵図と化した灼熱の爆心地から、こちらへ向かってくるその馬の姿。

はじめて描いた絵の馬だ。モデルはなかった。どのように生きていけばいいかわからないまま、何かに駆り立てられるように筆を握った。その絵を褒めてくれた人間がいた。この世で、ただひとりの友人になった。

「竹一！」

それは竹一の姿だった。幻影だったのは、馬か竹一の方か。手足のようにバイクを操り、竹一はこちらに引き返してきたのだった。葉藏とすれ違ったその後方で、もう一度華麗にターンをこなす。引き返してきたのはタイミングを合わせるためか。ならば当然、もう一度突っ込むつもりだ。

声は聞こえない。言葉は届かない。おそらく、こちらの姿も見えていない。月を写し取ったような赤い目が見据えるのは、ブリッジを超えたその先にあるインサイド。

「四十三秒フラットだ」

呪文のようだった。十分に助走を取った竹一が、葉藏の横をかすめ、ふたたび一個の弾丸になる。このすれ違いは、葉藏だけのものになる。すでに意識から不要なものすべてを締め出した竹一の記憶に、おそらくこの一瞬だけの並走は残るまい。

爆発の後、派手に吹き上がった炎が、余韻の振動を残しつつわずかに落ち着きを取り戻した瞬間を狙って、竹一はアクセルを開き続ける。

葉藏は、取り残される。竹一は、彼方に消える。それが、ふたりの距離だ。進むことを選んだ人間と、とどまってしまった者の。

この竹一の突貫をもって作戦は第二段階へ移る。爆薬でこじ開けた穴を通過すれば、その侵入は機動隊にすぐ知れる。彼らがインサイドへと続く橋の終わりのゲートを操作し、その隔壁を閉じ終わるまでの時間は四十三秒。その封鎖を許さぬ速度で竹一は、東門から西門までを駆け抜ける。いささかでも躊躇《ちゅうちょ》すれば閉じ終わった壁に激突して無残なことになるだろう。

それがなんだというのか。

駆ける、駆ける駆ける駆ける。炎の輪をくぐり、竹一は駆ける。

切り札は推力増強装置《オーグメンター》とＮＯＳ《ニトロ》の同時使用。前車体のエンジンの排ガスを再燃焼させ、後輪のエンジンに亜酸化窒素をぶち込む。ソニックブームが発生する。爆発的な加速を得た竹一のバイクが、うんざりするほど吠《ほ》え猛る。

悪夢のように迫る弾丸に、封鎖壁の前に陣取った守備隊は、しかしわずかもひるまなかった。手にした小銃を、指示に従って連射する。容赦なく、戸惑いなく、逡巡なく。

それでも遅い。

暴れるハンドルを押さえつけ、秒をはるかに下回る世界を走る竹一に、小銃の照準など合うものか。限界を超えた機関から噴き出した炎を手土産に、竹一は駆ける。駆ける駆ける駆ける。

人間の認識の限界を幾重にも超えた速度の中で、沸き立つ竹一の血潮は、なお氷のような判断力を失ってはいなかった。計画を成就させるには、わずかに間に合わない。ならば、閉じようとする隔壁を押しとどめなければならない。そのためには、竹一の駆るモンスターバイクよりも大きな鋼鉄の塊が必要だ。

渾身《こんしん》の力を込めて、竹一はハンドルを切った。進路の先には、指揮車輌《しゃりょう》がある。

「いいいいいやあああああ！」

歓喜の叫びをあげて、弾丸が突っ込む。竹一の音速の愛車と、燃料と武器弾薬を積み込んだ指揮車輌。引火し、誘爆すれば、夜空を焦《こ》がすほどの炎を噴き上げるのは必至だった。立ち上る火柱が夜を欺《あざむ》く。葉藏の声は届かない。爆炎が上がる。轟く。

真っ赤に灼《や》けた世界で、竹一によって吹き飛ばされた指揮車輌が、ゲートと路面に挟まれていた。隔壁は、だから閉じない。肉体の無事を考えの埒外《らちがい》に追いやった竹一の突貫は、この成功をもって終了した。インサイドへの路《みち》は開かれたまま、爆風が渦を巻くその中心で。

ころん、と。

竹一の義手が、忘れ物のように、路上に転がった。


葉藏が西門付近へたどり着いたときには、すべては終わっていた。機動隊の姿は消え失せ、降下を止《や》めた封鎖扉が、わずかな隙間《すきま》を残してインサイドへの道を開いている。

竹一は、路上に伏していた。跡形もなく吹き飛んでいておかしくない爆発ののち、アスファルトにうつぶせになって転がっているのは、幸運と表現するべきだったのかどうか。爆風で高く跳ね上がったおかげで致命傷を免れたものの、そのまま腹ばいに地面に打ち付けられたのだろう。内臓の損傷の程度は知れないが、少なくとも〈GRMP〉なしなら死んでいたに違いない。

「竹一！」

が、生きている。

バイクを乗り捨てて駆け寄った葉藏は、最初にそう認識した。右足と右腕。仮初《かりそ》めの肉体は失われたが、残った左腕が地面を摑《つか》んだ。顔を上げた竹一の口からは、真っ赤な血が流れだしている。口の中を切ったものではないことくらい、素人目《しろうとめ》にも分かった。派手に中身をやられている。

それでも、執念が竹一の身体《からだ》を動かした。いつもの薄笑いを浮かべながら、葉藏の声が聞こえているのかいないのか、竹一は赤子のように遅々と這《は》う。瞳は前しか見ていない。閉じきれなかった封鎖扉の向こう側。インサイド。

「どうだ、へへへ」

嘔吐《おうと》するように血を吐き出しながら、竹一は止まらない。手を貸す、という考えには至らなかった。それは神聖なもののように見えた。虫のように大地を這う竹一の背中に触れるには、葉藏にはあまりにも覚悟が足りなかった。

何の？

「俺の」声は、細い。かすれて風の音にさえかき消されそうなほどに。「勝ちだ」

向かい風が、髪を揺らした。竹一は一度、目を閉じたようだった。それから、深く息を吐き、吸った。

「インサイドの空気は、やっぱうめえなあ」

震える声だった。全身から力が抜けていった。ようやくその背に触れて、なんと声をかけるべきか迷った葉藏の背後を、謎《なぞ》の光が烈《はげ》しく照らした。

振り向いたところで、逆光で何も見えない。光源は空にある。それだけで、ティルトローター機からのサーチライトであることは知れた。手庇《てびさし》を作って上空を見る。巨大なティルトローター機がホバリングしている。その後部ハッチが、開く。

先に垂れたのはロープだった。遅れて人が下りてくる。ついでに犬も三体。着地し、たちまち駆けてくる影に向かって、葉藏は身構えた。

これだけの騒ぎだ。首謀者の確保に警察が乗り出すことは当然だ。だから、意外なのは彼らの出現ではなく、その装《よそお》いの方。

「ポリスじゃ、ない?」

正体不明のブレードを構えて、油断なくこちらをうかがう者たちがまとうスーツを、葉藏は知らなかった。竹一の巻き添えで警察の世話になったことも一度や二度ではない。その経験が告げている。目の前の人間たちは、自分が知っているいかなる種類の人間でもない。

自分と竹一にはどういう罰が下されるのか。この場でたたき伏せられたところで、抗議に赴くべきところもないだろう。だからといってどうなるものでもない。価値のない人生からまたひとつ意味が奪われたところで詮《せん》ないことだ。

そこで、気づいた。彼らの目が、自分を見ていないことに。その目が焦点を結ぶのは、葉藏の後方。横たわる、竹一の体?

「構えろ、ロストするぞ!」

誰かが叫んだ。

振り返る。そして葉藏は見た。竹一の身体が異様に膨らんで、その背中が裂けるのを。

その下にあった地面が不可視の力でえぐられていく様子を。

「竹一ぃー！」

黒い竜巻が発生した。青白い燐光《りんこう》が散る。タール状の物質が巻き上がる。爆風で目を開けていられない。立っているのもやっとだった。しかし、それもすぐに終わる。竜巻は発生した時と同じように、唐突に収束した。

そこに、異形がある。

アスファルトは小型の隕石《いんせき》を呑《の》んだようなクレーターを刻んでいた。その底から、獣のような唸《うな》りが聞こえてくる。竹一の身体はどこにもなく、代わりに、岩石をつなぎ合わせたようなソレがうずくまっていた。

「ロスト体だ、戦闘態勢！」

兵士たちがブレードを構える。

人間の大きさをやや上回る。ロスト体と呼ばれたソレは四肢を持ち、胴体を持ち、頭部をもっていた。しかし人体では到底ない。全体は硬い岩で覆《おお》われたようで、顔の造作も定かではない。切り立った崖《がけ》のように突き出した岩石状の突起物たちは、触れれば切れそうなほどに鋭い。

嫌な想像が葉藏の脳裏をよぎった。

これは、竹一なのか……？

四足歩行の姿勢を取り、怪物としかいいようのないソレが葉藏へ近づく。やがてロスト体は前足を上げ、二足歩行となった。口、と言っていいのかどうか。頭部に穿《うが》たれた虚《うろ》のようなものから、無数の触手が生えている。

吐き気を催す、醜悪な外見だった。

「う、うわああ！」

悲鳴以外は、ろくに言葉も出ない。脳が理解を拒んでいた。正常な判断力はすでに葉藏のものではない。葉藏は、だから、おそらくはこういう予測不能の事態に直面した際に、もっとも選択してはならない行動をとった。

無様に悲鳴を上げ、背を向けた。走った。乗り捨てたバイクに乗って、逃げようとでも思ったのか。自分でも自分の行動が理解できないまま、背後から伸びてきた触手が、葉藏がたどり着くより先にバイクを穿つ様を見た。鉄を紙のように貫いた。その様子に驚き恐怖する暇もなく、太腿を触手に貫かれた。とらわれ、自由を奪われる。抵抗は意味をなさない。なにかをするよりも先に、触手によって空中高くに吊《つ》り上げられた。

指揮車輛の残骸に体を打ち付けられる。二度、三度。貫かれた太腿から血が滴《したた》った。

右腕は、可動域の限界を超えて曲がった。みじめに路上に転がった葉藏の身体は、出来の悪い玩具《がんぐ》のように関節がねじ曲がっていた。

肺が圧迫されたのか、呼吸もできない。身体の内外から出血がある。冷えていくのだ、と漠然と思った。意識を失っても、この体は治る。どんなに惨《みじ》めでも、命は続く。幾度も繰り返したことだ。なにも恐れることなどないはずだった。なのに、違和感が全身を包む。

犬と正体不明の男たちが、異形にワイヤーを飛ばして電流を送っている様子が見えた。こちらには見向きもしない。どいつもこいつも、葉藏のことなど眼中にないらしい。

毬《まり》でも放るように自分を片付け、竹一はよくわからない怪物に変貌させられてしまった。なにがどうなっているのか。竹一は、こんな仕打ちを受けるようなことをしたのか。ただ、欲しいといっただけじゃないか。当たり前の権利を。自分で傷つき、自分で死を選べるだけの権利を。

いやだ、と思った。

終わりたくないと思った。

このまま終わってしまうなんて、冗談じゃない。

全身に震えが走った。帯電したように四肢が跳ね上がる。両足で地面に立つ。ありったけの体内〈GRMP〉が励起する。ただ決定的に、致命的に、これはいつもの蘇生ではない。

「あ、あがああ」

意味をなさぬうめきが漏れる。自分の意志に反して体が動いていく。視界の端に、異形になり果てた竹一の姿が見える。

折れそうなほどに背骨が反った。顔は天を向いたのに、上空にあるはずの月は見えなかった。それが、葉藏の最後の意識だった。

一秒後。

竹一がそうなったのと同じように。

葉藏の身体は、爆散した。


状況は続いている。

「ロスト現象、二体目！」

竹一の時と同じように、葉藏の肉体だったものを中心に、青い竜巻が立ち上がった。

「二体目のロスト体は——がっ」

スーツに身を包んだ精鋭たちは、状況の変化を伝える通信のさなかに、竜巻の中心から伸びてきた触手に体中を貫かれ、一瞬のうちに絶命した。

触手にとらわれた死体が、空中でもてあそばれている。人間だけではない。竹一だった異形もまた、触手に貫かれて吊り上げられている。やがて竜巻が収まった時、果たしてその中心にはもう一体の異形がいた。

それはやはりアスファルトをえぐり、醜悪な肉体をもってそこにいた。

異形と異形が睨《にら》みあう。ロスト体と呼ばれた、もともとは竹一と葉藏だったものたちである。同種ゆえの親密さなどかけらもない。ただ敵対する意識だけがあたりの空気に伝播《でんぱ》する。とらえられた〈竹一〉が触手を伸ばす。まがまがしくのたうつそれは、しなる鞭《むち》のように天空目指して跳ね上がったかと思うと、おそるべき鋭さをもって〈葉藏〉を突き刺した。

苦悶《くもん》が漏れる。それでも、肉体の損傷などロスト体にとっては致命傷にならないのか、動きは鈍らない。想像を絶する怪力で、怪物同士の殺し合いがはじまろうとしている。

それを、正雄は見ていた。双眼鏡で視認できるほどの距離で。

「発生率は向上したが、オルフェウスではない。また失敗か」

つぶやきは風に乗るだけで、誰にも届かない。正雄にとってはそれでよかったのだろう。誰に聞かせるつもりもない言葉だった。少なくとも、あらゆる生者にこのつぶやきの意味は理解されない。

「ロスト体の排除が最優先事項！」

上空でホバリングしていたティルトローター機が距離を保って着陸する。三人の同胞を全滅させられた人間勢力が、異形同士の力比べに参戦しようとしている。刻一刻と複雑さを増していく状況の中で、〈竹一〉と〈葉藏〉の意志だけがシンプルだった。

破壊する。目の前にある生命を。

それだけを行動にプログラムされたとしか思えないほど純粋に、怪物は全身で敵を打ち砕こうとしていた。

〈竹一〉が多くの触手を伸ばし、編み込み、ひとつの網を形成した。それは風呂敷のように広がり、筒状に変形し、瞬く間に〈葉藏〉を飲み込んだ。内部の空間が圧縮されていく。異様な音を立てて筒が絞られていく。

人間たちは、その様子を見続けるしかない。

「飲み込むつもりだ!」

筒の内部に、ひねりつぶされそうになる〈葉藏〉がいる。

その〈葉藏〉のさらに内部で。

葉藏だった意識は、夢を見ていた。

悪夢以外にあり得ない。葉藏はいつもの幻覚の中にいる。ヒトガタに首を絞められている。赤黒く焼け焦げた正体不明のばけものだ。葉藏の喉《のど》に血管が浮かぶ。呻《うめ》きながら、葉藏は両手を掲げた。首を絞めてくるばけものの肩にその手を置く。熱は感じない。すでにそれを行うための器官は死んだのだ。

ようぞう、と声がする。笑え、と迫る。

葉藏の意識は、怒りに満ちていた。激怒せよと叫んでいた。その叫びを力に変え、葉藏は赤黒い肩を押し返す。ヒトガタは、なおも首を絞め続ける。喉から声が漏れる。失われたはずの声帯で振り絞った絶叫が、幻覚を打ち壊したその瞬間、外界でも爆発が起きた。

この夜、何度目かもわからぬ爆炎は、周囲の人間たちを飲み込んでアスファルトを舐《な》めた。爆心地は、〈葉藏〉を包む筒の中心。煮えたぎるマグマのようになったそこに、ありえない影があった。

筋繊維の固まりのようだった。

みずからが生み出した炎を統《す》べるように、赤黒いヒトガタは立っている。

マグマを映した皮膚は、いまだ溶岩を吹き出し続ける山肌に似ている。触れたものを残らず消し炭にするほどの圧倒的な熱量が、周囲に陽炎《かげろう》を生み出していた。

人間たちは、ソレを知らなかった。ロスト体なる異形を認識していた彼らでさえ、新たなる葉藏のその姿を、知らなかったのだ。

「なんだ、あれは」

ロスト体に前例のない変化が起きた。〈葉藏〉が命の危機にさらされた結果、現出したとしか思えない。

誰が知ろう。

ハイウェイに仁王立ちに立つ新たなる異形こそ、夢の中で首を絞められ続けた葉藏の姿そのものだった。

いかなる因果があり得たとしても、偶然でだけはあり得ない。それはまぎれもなく、葉蔵の意識を養分として爆発的に成長した、比類なき暴力の化身であった。

〈竹一〉の行動は、本能だっただろう。爆炎を吹き飛ばして〈葉蔵〉が現れた瞬間に、〈竹一〉はすでに触手による攻撃を開始していた。音速に迫る五本の触手による衝撃は、〈葉蔵〉を高々と突き飛ばし、道路に打ち据えた。〈竹一〉の触手はそのまま〈葉蔵〉の腹を食い破り、両腕を拘束して胴体をあっさりと真っ二つに引き裂くはずだった。

〈葉蔵〉が、無抵抗のまま嬲《なぶ》られ続けていたならば。

〈葉蔵〉は憎らしいほど落ち着いた動作で触手を両手に摑んだ。体中の筋に、熱線が走っている。握力を込めたのかどうかすら定かではない。触手は哀れだった。摑まれた部分が急速に炭化した。一瞬にして強度も質量も奪われた二本の触手は、吹き返しの爆風の中で塵《ちり》となって消えた。

しかし、五本である。〈竹一〉の操る残る三本の触手はまだ攻撃の意思を緩めない。それが生物としての純粋な攻撃性によるものか恐怖の裏返しによるものかは、人類の知るところではない。いずれにせよ、触手は動いた。今度は〈葉蔵〉の頭部を刺し、貫いた。さらに残りの触手が〈葉蔵〉の上半身に突き立った。

〈竹一〉は身をよじり、触手をしならせた。想像の及ばぬ怪力によって五体を振り回された〈葉蔵〉は、人間だったころの葉蔵がされたように、何度も指揮車輌に打ち据えられたのち、さらに勢いのままゲートの高みへたたきつけられた。あまりの衝撃に、竹一の爆風にさえ耐えた封鎖扉が、無残ほどに損なわれた。

〈竹一〉は攻撃の手を緩めない。みずからも封鎖扉へ向かって跳んだ。追い詰めた〈葉藏〉を、その無数の触手で今度こそ咀嚼《そしやく》してしまおうと口を開けたときに、彼の命運は尽きた。

触手の時と、何も変わらない。〈葉藏〉は愚かにも近寄ってきた〈竹一〉の胴体を無造作につかみ、容赦もなく蹴り飛ばした。同時に〈葉藏〉は壁を蹴り、跳んだ。数十メートルの空の旅を終えて〈竹一〉が路上にたたきつけられた直後、降ってきた〈葉藏〉がその体を踏み潰《つぶ》した。

アスファルトが蜘蛛《くも》の巣状に割れる。〈葉藏〉の全身から噴き出した火の粉が仮初めの電飾となってあたりを照らした。

〈葉藏〉の拳《こぶし》は、消えぬ炎をまとっている。筋肉といっていいのだろうか。全身の筋をはちきれんばかりに緊張させ、〈葉藏〉は拳を振り上げ、そして打ち下ろした。

人間ならば一撃で粉みじんになる暴虐《ぼうぎやく》に、〈竹一〉は二度、三度と耐えた。しかし動きは止まる。すでに動体としての格差は歴然としている。〈葉藏〉はそれが勝者の権利であると言わんばかりにゆっくりと、〈竹一〉の肩をつかんだ。

表面が灼熱していく。赤く染まり、やがて黒くなる。燃えて、炭になる。鉄をも溶かす超高温が岩石のような〈竹一〉の身体をむしばんでいく。やがて、〈葉藏〉は力を込めた。異様な音を立てて、〈竹一〉の体が裂けた。体液を滴らせ、筋が断裂していく。すでに〈竹一〉にはあらゆる自由がない。

そして、終わった。

あたりを圧する怪音を立てて〈葉藏〉が咆哮《ほうこう》した時、〈竹一〉だったものは、無残にも真っ二つに引き裂かれた。

「うっ」

呆然《ぼうぜん》と成り行きを見続けていた人間の一人が、思わずといった様子で口元を押さえた。異形同士の争いとはいえ、この結末はあまりにも陰惨に過ぎた。

しかし一方で、勝者たる〈葉藏〉にも、この時、余裕はないようだった。みずからの体から生まれ続ける炎を持て余すように、〈葉藏〉は悶《もだ》えた。身をひねる。苦悶だろう。息苦しいのか。かたちある熱エネルギーで構成されたとしか思えない、人体に極めて似た構造を持ったその異形は、同類を葬《ほうむ》った咎《とが》にさいなまれるように、酸素を求めて苦しんでいた。

いずれにしても、怪物同士の凄惨《せいさん》極まる殺し合いは、いま終わりを迎えた。

したがって、続いて舞台に上がるべき役者は、人類以外にない。

犬が、まだ生きている。

強度では〈竹一〉の触手に及びもしないであろう脆弱《ぜいじゃく》なワイヤーを〈葉藏〉に突き刺して、犬たちは高圧電流を送り続けた。特殊なブレードとスーツで武装した兵士たちが続く。

意外なほどあっさりと、状況は一変した。

〈葉藏〉は電流によって動きを奪われ、完全に人類の支配下に置かれたようだった。攻撃が効いたことだけが原因では到底なさそうだったが、しかし事実、〈葉藏〉は拘束されている。

どうあれ、決着を求めるならば、その機会はこの瞬間にしかない。ソードを構え、突撃を決意する兵士たちがはじめの一歩を踏み出そうとしたとき、地獄のような戦場には不似合いな、美しい女性の声が響き渡った。

「ダメ！」と声は叫んでいた。

名を、柊美子《ひいらぎよしこ》という。

〈第二のアプリカント〉である柊美子は、このようにして悲劇の舞台に上がる。

この場にいる人間勢力の中で、明らかに美子は特別な存在として扱われていた。

美子は〈葉藏〉に——いや、葉藏だったモノに駆け寄った。当然、彼女の馬鹿げた行動を制止する声が飛んだ。しかし歩みは止まらない。苦しみ悶える、あまりにも醜怪な異形の前に、美子は立った。さらに一歩を踏み出せば皮膚が触れ合うその距離で、一時、彼女は沈黙した。

手を、伸ばす。

細く、白く、しなやかな指だった。祈るように、彼女は手を伸ばしていた。そして、触れた。異形の――葉藏の頬に、柊美子の指先が触れた。

波紋が立った。巌《いわお》の体表に、白い閃光《せんこう》が走り、波うち、全身に伝播していく。光は神経を伝い、全身を包んだ。

赤子が見ても分かっただろう。

癒しているのだと。

柊美子の指先は、灼熱を抱えて苦しみぬく葉藏だったものを、癒しているのだ。そうなることが必然であったように、あれほどに頑《かたく》なだった異形の装甲が剝《は》がれ落ちる。かたちのない憎悪をまとっていたように、その役目を終えたとばかり、溶岩の皮膚はほどけ、夜の中に霧散していく。

中から現れたのは、無論、葉藏である。

一糸まとわぬその身体を、人間の体以外のなにものでもないその白い皮膚を抱き留めて、柊美子は言葉を飲んだ。

傷一つない。

葉藏は、息をした。せき込むように、柊美子の肩口で。その熱い吐息がおのれの髪を揺らすのを、柊美子は全身で感じた。彼女にとってそれは新しい世界の息吹《いぶき》に他ならなかった。その体温を抱きしめて、震える声を励まして、美子は告げた。

「命も、人格も残っています」

周囲のだれもが息をのんだ。人間たちの常識を覆《くつがえ》すことであったらしい。ロスト体が人の姿に戻った挙句、命も人格も残っている？　おとぎ話だとしても出来が悪い、と誰かが言った。

しかし、美子の確信は揺るがない。瞳《ひとみ》を歓喜の涙で揺らし、彼女は万感の思いを込めて言葉を紡《つむ》ぐ。ああ、どれだけの間、わたしはこの言葉を発したかったことだろう。

「この人こそわたしたちが待ち望んだ存在――〈第三のアプリカント〉です！」

その声を、葉藏は聞いていない。気絶したまま鼓動をやめないその体をいたわるように、雨が降り始めた。濁った、酸性の雨だった。

その様子を、堀木正雄は見ていた。こらえきれない歓喜とともに。

「冥府より戻りしオルフェウス。人が人であることを取り戻す時がきた」

雨の中、男は歩き去る。

灼け付いたアルファルトを、すぐにおびただしい水滴が濡《ぬ》らした。その時、東の空の雲が奇妙に裂け、一瞬、蜜《みつ》のような朝日が姿を見せた。路上に流れる汚水が、その曙光《しょこう》を蓄えて、燃えるように輝いた。遠くで、雷鳴があった。
はじまりの夜が終わり、新たなる陽が昇る。

第二の手記

第二の手記

夢を見ていた。

西に開いた窓から躍りこむ夕日が、葉藏《ようぞう》の部屋を赤く染めていた。電気のない部屋の中で、かえって影の存在感が際立っている。葉藏はイーゼルにかけたキャンバスに向かい、傍らには竹一《たけいち》が立っていた。

「葉藏」

竹一が言った。珍しいほど屈託のない笑顔だった。だから続く言葉も本音だったのだろうと、何の抵抗もなく受け入れた。

「すっげえ上手いじゃん、お前」

キャンバスに描かれつつある絵には、見覚えがあった。夕日とは関係なく赤い。地獄の馬、とひそかに名付けた。自分以外にその名を明かしたことはない。

描いたのはずいぶんむかしのことなのに、竹一の姿は先ほどまでと変わりない。これは失われた過去にあったことがらを、今の姿で再現しただけの幻影だ。夢だからだ。夢だとわかって見る夢のことを明晰夢《めいせきむ》という。どこかで聞きかじった言葉が脳裏をめぐっているのだから、意識はよほどはっきりしている。

だから、不思議なのは、この夢の存在そのものではない。

どうしてか、自分にとっては数少ない、このうれしかったはずの思い出の情景が、いまどうしようもなく悲しい。

そのことだけが、葉藏には、不吉なほどに不思議だった。


目覚めると天井が白く美しかった。

自室との違いを網膜が先に認識し、遅れて本能が悟った。つまり、すでに日常は失われているのだと。

「お目覚めですか？」

不意にかけられた言葉には、驚きよりも警戒が先に立った。動揺は、体が拘束されていることを理解するとともにやってきた。

「なんだ、これ」

固いベッドのようなものに、あおむけにされている。傍らに立ち上がったホログラムには葉藏の体内をスキャンした結果がリアルタイムで表示されているようだった。見覚えのない簡素な服を着せられ、四肢はベッドに縛り付けられ、観察をするような目つきで見知らぬ女がこちらをのぞき込んでいる。虫か何かになった気分だ。どう楽観的に見ても、歓迎するべき事態ではなさそうだった。

「すみません、あなたとお話しして、異常がなければすぐに外します」

「異常？」

「わたしは、柊美子《ひいらぎよしこ》です。……大庭《おおば》葉藏さん」

名乗ってから葉藏の名を呼ぶまでに、わずかな間が挟まった。声には不思議な重みがあった。柊美子にとって大庭葉藏の名は、とてつもなく重大な意味を持つのだと言わんばかりの。

「ここは澁田《しぶた》機関。〈S.H.E.L.L.〉にある、健康保障の研究と開発を行う組織です」

平坦《へいたん》な語り口が、癇《かん》に障《さわ》った。なにをたんたんと話してやがる。おれの聞きたいことがそんなことであるものか。心中を冷静に言葉にすれば、そうなっただろう。しかし葉藏の精神は惨《みじ》めなほど平静とは程遠い。

「あの化け物はなんなんだ？　おれは──」

声は情けなく震えていた。そうだ、意識を失う前に見たあの化け物。竹一が変化した結果としか思えない異形の個体。まだ輪郭を定かにしないこの記憶が正しいのならば、その暴力に葉藏は貫かれ、意識を奪われたはずだった。

しかしこうしている。生きている。ということは〈GRMP〉のおかげで死にはしなかったということなのだろう。

ようやく追いついてきた葉藏の思考を、

「あなたは一度死んで蘇《よみがえ》りました」

あっけなく、美子は切断した。

「死んだ？」

「体内〈GRMP〉の暴走を制御し、元に戻りました。すごいことです。あなたこそ世界を救うアプリカントに違いありません」

「なに、言ってるんだ？」

「今はわからなくても、すぐわかるようになります」

年齢は葉藏と同じくらいに見えたが、実際はどうかわからない。〈S.H.E.L.L.〉にいるとすれば、ここはインサイドだ。アンチエイジングが当たり前になったこの国で、外見から実年齢を推し量るのは難しい。

姿勢は、美しい。制帽を乗せた小さな頭が、まっすぐにのばされた背骨のうえに収まっている。他人に見られていることを常に意識している人間だけが持つ隙《すき》のない外見を、美子は備えていた。

「竹一は？」と葉藏は言った。「竹一に会わせてくれ」

美子は即答しなかった。目を伏せて、間合いを切るように細い息を吐いた。扇のまつげが、白磁のほほに影を落とした。影という影を暴《あば》こうとする照明に満ちた部屋で、その黒い染《し》みだけが葉藏にとっての温かみであるように思えた。

断られるのだろうと思わせるには十分な沈黙の後で、美子はただ、

「わかりました」

と言った。続く言葉を強いて飲み込んだがゆえに声に宿ってしまったとしか思われぬこわばりが、言葉よりも雄弁に結末を語っていた。

案内されたのは、静かで薄暗い部屋だった。扉をくぐると、室温さえ下がったように感じられた。奇妙に奥行きだけが深いその部屋には、葬儀場にあるほうが似つかわしい、今や珍しいほどの死の気配が充満していた。
張り詰めた静寂が、耳に痛い。
美子に先導されるままに、葉藏は歩く。ドローンが続く。箱から足だけが生えた、例の〈犬〉と同じモデルだ。足音がやけに耳につく。左右の壁面には巨大な鋼鉄のロッカーがはめこまれている。それぞれのロッカーに掛けられたプレートが目を引いた。
――S111年6月3日/14:12/六本木/女性
――S111年6月5日/22:40/曳舟/男性
――S111年6月7日/03:45/高田馬場/男性
その文字列が表しているものを想像する間もなく、美子の足が止まった。
――S111年6月8日/05:25/お台場/男性

無言のまま、美子はしなやかな指先で開錠ボタンに触れた。低いモーター音が響き、ロッカーからステンレスのシンクが、いやな冷気を伴って現れた。せり出してきたそれは、どう見ても棺《ひつぎ》と表現するべきものだった。

蓋《ふた》はガラス張りだ。のぞき込むまでもない。

「これが……」

呟《つぶや》きは呻《うめ》きになった。残骸《ざんがい》でしかなかった。棺の中には引き裂かれた岩石の異形が収められている。昨夜の化け物の成れの果てだろう。内部から溶け出したものか、黒ずんだ血の塊があちこちにこびりついている。

醜い。

「これが、竹一？」

美子の沈黙が肯定を意味していることは明らかだった。

「嘘《うそ》だろ？　なんでこんなことに」

覚悟はしていた。嫌な予感はあったのだ。それでもこうしてつきつけられてしまえば、簡単に認められるものではない。あの常に人を食ったような笑顔を浮かべていた男が、こんな残骸になってしまった、などということは。

「四大医療革命〈GRMP〉についてはご存じですか」

美子の声は、さすがに抑揚を欠いている。竹一を悼《いた》みつつ、それでもこうなってしまった背景を、能《あた》う限りの正確さで葉藏に告げようとしている。それこそが自分の責務だと考えているのかもしれない。だとすれば、不愉快以外のなにものでもなかった。

「遺伝子操作、再生医療、ナノマシン、万能特効薬。それぞれの頭文字から〈GRMP〉と」

「そんなのは知ってる！　なんで、人間がこんなふうになるのかって聞いているんだ！」

「ロスト現象——ヒューマン・ロストです」

斬《き》るような声音だった。

「ロスト、なんだって？」

「体内〈GRMP〉は、〈S.H.E.L.L.〉のネットワークによって健康基準合格者と同期しています。しかし、不測の事態によってこのネットワークから個人が外れると、体内〈GRMP〉は参照すべき基準を失って暴走します。それが、ロスト現象。公表はされていませんが」

「体内〈GRMP〉の暴走？　ネットワークから外れれば、本当に死ぬだけじゃないのか？」

「そういうケースもないわけではありません。しかし多くの場合、体内〈GRMP〉の暴走は肉体の境界線からの逸脱を誘発します。結果、周囲の物質を取り込んで肉体は怪物化します。こうして変貌《へんぼう》した姿を、わたしたちはロスト体と呼称しています」

部屋を見渡した。等間隔に、左右に設置されたロッカー。これらひとつひとつにロスト体の死体が安置されているとすれば、膨大な数だ。もちろん、ここだけが安置所というわけでもないだろう。

なんのことはない。であれば胸を悪くする死臭の正体も知れた。怪物たちの霊安室であれば、強烈な死の気配はあってしかるべきだ。

「ロスト体は意思を持ちません。しかし活動する他者の体内〈GRMP〉を検知し、己の死に引きずり込もうとする性質を持ちます。そのため、結果的に彼らは周囲の人間を無差別に襲うことになります」

「もういい」

授業のように、友人の死の理由が語られていく。知りたいことを聞いているにもかかわらず耳をふさぎたくなるのは、子供じみたわがままだろうか。いや、そうではない。なおこの身に残る人間性がそうさせるのだ。

無様なほどに、葉藏の精神は人間のままだった。

美子は葉藏の顔を一瞥《いちべつ》してから、棺の下部にあるボタンに触れた。

「彼の遺留品です」

収納のために作られたスペースが棺からせり出して、中に収められたものを明らかにした。

ハイウェイに転がった、竹一の義手。

それから、もうひとつ。

「何の絵でしょう？」

美子は知らない。

その焼け焦《こ》げた絵が、葉藏の手になるものであることを。

「地獄の馬だ」

「え？」

「おれがはじめて描いた絵。竹一が褒めてくれたんだ」

描いた覚えはあったのに、どう始末したのかを忘れていた。何かのおりに印刷して竹一に渡したのだろう。考えてみれば、この絵を所有するのに竹一以上にふさわしい人間はいない。

どこに持っていたのか。何のために携帯していたのか。もしかすると、この絵が、少なからず竹一の力になっていたのか。聞きたくとも、答えは永久に失われてしまっている。

葉藏は絵を取り、取り上げ、握りしめた。

「竹一は自分を取り戻すって言ってた。これが、そうなのか？　それじゃ、本当に道化じゃないか」

「ロスト現象は、本来は極めてまれな現象なんです」

「まれだって？　でも、こんなに」振り返って、ロッカーの列を指す。

「頻発する原因は、ばら撒《ま》かれているある種の薬にあると考えています。体内〈GRMP〉の働きを鈍化させ、意図してネットワークから外す薬、ナノマシン拮抗《きっこう》剤、〈アンチGRMP薬〉」

「だったら、さっさと〈S.H.E.L.L.〉がそれを取り締まれば――」

いいじゃないか、と続くはずだった葉藏の言葉をさえぎって、美子は言った。

「現在のところ、このアンチGRMP薬を製造できる人間は、堀木《ほりき》正雄《まさお》ただ一人です」

「堀木、正雄？」

蘇る光景があった。

暴走行為に至る前、正雄はカプセルを渡した。竹一と、葉藏に。「自分を取り戻せ」という言葉とともに。

ただの薬物だと思っていた。気分を上げるための。

「まさか……」

あれが、アンチGRMP薬？

だったら。

「竹一をこうしたのが正雄さんだっていうのか？　何のために！」

「〈S.H.E.L.L.〉体制を崩壊させるためでしょう」

葉藏は額に手をやって、頭を振った。ついていけない。理解しなければならないことが多すぎる。その一方で、なぜか覚めたところで、美子が語っていることは真実なのだろうと思っている。

だって、嘘をつく理由がない。

「わたしたちは、堀木と彼が引き起こすロスト現象から、国民を守らねばなりません」

「勝手にすればいいじゃないか。おれは関係ないんだ、もう帰らせてくれ」

頭を振り続ける葉藏の手を取って、美子が声を上げる。

「そういうわけにはいかないんです。そのために、あなたの力が必要なのです。〈第三のアプリカント〉である、あなたの」

「〈アプリカント〉?」

また知らない言葉だ。たしか、目覚めてすぐ、あの検査室でもそんなことを言われた。世界を救うだのなんだの。

「場所を変えましょう。葉藏さんに知っておいていただきたいことは、まだまだたくさんあるのです」

「それを全部聞けば、帰らせてくれるのか?」

「お約束します」

笑顔だった。なにがおかしくて、この女は笑っているのだろう。

アプリカント。

ロスト現象を起こしても体内〈GRMP〉が暴走せず、人の姿を維持することに成功した人間。ヒューマン・ネットワークから外れることで、体内〈GRMP〉とその基準となる〈合格者〉との同期が行われなくなるにもかかわらず、際立《きわだ》った再生能力を有し、細胞の劣化をも克服している。すなわち、〈S.H.E.L.L.〉がもたらす治癒とは異なる、本来の生命機能が進化した存在のこと。

拘束されていた検査室に戻る道すがら、美子は葉藏に、そのようなことを告げた。

「……なにを言ってるんだ？」

「すぐに飲み込めないのは分かりますが、これは事実なんです」

「おれが、そのアプリカントだっていうのか？」

先ほどまで寝ていたベッドに腰を下ろした。信じがたいが、こんな手の込んだ嘘をついてまで葉藏をだますメリットがあるものなど、地上にひとりもいないだろう。

「葉藏さんも竹一さんと同じように堀木正雄のアンチGRMP薬を飲んだはずです。そして、やはり同様にロスト体となりました」

「おれが、あの化け物に？」

そういえば、〈竹一〉に痛めつけられてからの記憶はない。

「しかしその後、葉藏さんは人の姿を取り戻しました。これまでに確認されているふたりのアプリカントはヒューマン・ロストを起こしても体内〈GRMP〉が暴走しませんでした。したがって、ロスト体にもなっていません。ロスト体から回復し、ネットワークに再接続された人類は、あなただけなのです、葉藏さん」

感動を抑えきれずに語る美子の目を、まともには見られない。騙《だま》されているはずはないと思いながらも、現実感はない。そもそもこの女の語ることに興味などかけらもわかない。さっさとバアのアトリエに帰りたかった。

「いいよ、わかった。百歩譲っておれがそのアプリカントだったとして、それがいったい何だっていうんだ？　おれはただの、なんの力もない一般市民なのに」

「その質問に答えるには、〈文明曲線〉についてお話ししなければなりません」

また新しい言葉だ。

ため息をこらえて、葉藏は手を振った。

「聞くさ。なんでも聞く。聞かないと帰してくれないんだろう」

帰ったところで、これまで通りの生活に戻れるとは思っていなかった。竹一を失《な》くしたいま、あの退廃的な生活に未練があるわけでもない。

それでも、ここよりはマシだ。

竹一が憎み、破壊しようとしたシステムの総本山。

居着けるはずもない。

「文明曲線とは、統計試算により〈S.H.E.L.L.〉が予測している未来グラフのことです。〈S.H.E.L.L.〉が収集する全国民のバイタルデータから導き出されます。本来ひとつであるはずの曲線は、いまふたつに分かれてしまっています。ヒューマン・ロストが多発し文明が崩壊する未来を示す〈崩壊曲線〉と、人類が進化して医療革命に完全適応する未来を示す〈再生曲線〉。このグラフは常に動揺し続けていて、いまだに未来がどちらになるか定まらずにいます」

「人類が進化して、医療革命に完全適応する？　今の状態は完全には適応してないっていうのか？　こんなに、おれたちの体をいじっておいて」

「完全に適応できていたらヒューマン・ロストは起こりません。堀木正雄のアンチGRMP薬によってヒューマン・ロストが多発すればするほど、崩壊曲線の動きは活発になってきています。だからこそ、生命機能の進化したアプリカントの存在が重要なのです」

「それで？　おれを解剖でもして調べてみたいって？」

美子は悲しそうに顔をしかめた。そうしても美しい顔だった。ここまで純粋に反応を示してくれるのなら、下手な皮肉も言った甲斐《かい》があるというものだ。

「葉藏さんがロスト体から人間の姿に戻った時、文明曲線に第三の曲線が現れました。第三の曲線は、明らかに崩壊曲線にも再生曲線にも影響を与えています。だからこそ、葉藏さんにはこの〈S.H.E.L.L.〉の一員となって、再生曲線の示す未来を実現するために力を貸してほしいのです」

「わからないな」

「説明が足りませんでしたか？」

美子が心配そうに首をかしげる。こちらが前のめりで話を聞いているとでも勘違いしているのか。説明が聞きたいわけじゃない、どうしたら帰れるのかを聞きたいだけだ。

喉元《のどもと》まで出かかった言葉を飲んで、葉藏は代わりの言葉を吐き出した。

「そうじゃない。君の話では、おれは三人目のアプリカントなんだろう？　だったら、あとふたりいるはずだ。おれにこだわる必要なんてない。そっちと話せば済むことじゃないか」

「それはできません」

「どうして？」

美子の目が、天井の隅に泳いだ。そこに監視カメラでもあるのだろう。誰かに許可を得るという仕草ではなかった。自分の意思を示すための目線だった。

「ひとり目のアプリカントが堀木正雄だからです」

「――あのひとが？」

「医療革命より前、堀木正雄は〈アプリカント〉となりました。その後彼は〈S.H.E.L.L.〉と敵対しアンチGRMP薬の研究を進め、崩壊曲線に大きな影響を与え続けています。彼は決してわたしたちの前に現れません。ネットワークから外れた存在である堀木正雄の現在地を把握することは、限りなく不可能に近いのです」

なるほど、アプリカントは必ずしも正義の味方というわけではないらしい。結局これは、なぜかヒューマン・ロストを多発させたい正雄と、それを食い止めたい〈S.H.E.L.L.〉の争いだということだ。

くだらない。

巻き込まれてたまるものか。

「じゃあ、ふたり目だ」

「ふたり目は、わたしです」

一瞬、さすがに思考が止まった。

「君が？」

「わたしも過去、あることをきっかけにヒューマン・ネットワークから外れましたが、体内〈GRMP〉の暴走を免れました。いまもこの体は〈S.H.E.L.L.〉のネットワークの外にあります。アプリカントとしての責任をもって再生曲線の示す未来を実現させるために微力を尽くしているつもりなのですが、力不足です」

眉を寄せ、視線を落とした美子の表情を目にした時、この女はろくな死に方をしないだろう、と思った。

顔を合わせたときからの違和感はこれだ。他人のため、誰かのための使命感に燃え、分不相応な責任を細い肩いっぱいで支えている。そんなことは知ったことかと捨て置けないこの女の生き方は、みずからを必ず不幸にする。いや、他人の不幸に必ず巻き込まれることになる。

葉藏にしてみれば、まったく奇妙な生き物だった。人間の顔をした、人間以外の何かだと言われたほうがまだしも納得がいく。

「だから、葉藏さんの存在が必要なのです。わたしたちは、堀木とロスト現象から、国民を守らねばなりません」

そんなことを、真顔で言う。それを、葉藏が受け入れると信じている。

吐き気がした。

「狂ってるよ、何もかも」

何一つ理解も納得もできないまま、葉藏は変わり果てた竹一の姿を脳裏に浮かべた。意識して唇を曲げた。そうでもしないと、吐いてしまいそうだった。

「いいよ。なんでも協力する。帰らせてくれるならね」

そして、堀木正雄を見つけ出す。竹一の死に納得のいく理由を見つけるために。

〈S.H.E.L.L.〉によって健康基準合格者とネットワークで同期されたこの国の人間は、怪我《けが》と病気を克服した。しかしネットワークから外れてしまうと体内〈GRMP〉が暴走し、ロスト体と呼ばれる化け物になる。それがヒューマン・ロスト。このロスト現象を解析し、ロスト体に対処するのが下部組織である澁田《しぶた》機関の役割である。

同時に、澁田機関は常に文明曲線の監視を行っている。これは国の未来を予測するもので、現在は三つの曲線で構成されている。文明の崩壊を予告する曲線は堀木正雄の、文明の再生を予告する曲線は柊美子の、そして第三の曲線は大庭葉藏の影響をそれぞれ強く受けると推測される。この三名はアプリカントと呼ばれ、合格者との同期ではなく、本来の生命機能の進化によって健康と長寿を実現した稀有《けう》な存在である。

めぐりの良くない頭で整理すると、美子が葉藏に告げたのは、おおよそこうなる。感想はひとつしかない。

おれには関係ない。

美子の運転する乗用車は、助手席に葉藏を乗せてレインボーブリッジを走る。乗り心地は快適だった。昨日の夜、あれほど熱狂的に竹一が進んだ道を、今日は〈S.H.E.L.L.〉に所属する人間の運転する車でさかのぼっている。竹一は怒るだろうか。

裏切りだと。

　昨日の今日だ。東門の付近は工事中のホログラムシールドでブラインドされている。幾日かすれば事故も暴走もなかったようにアスファルトは修復される。流れていく景色になんの感慨もわかないことが、かえって葉藏をいらだたせた。

「竹一さんの件は、事故として処理されました。あなたの暴走も罪に問われることはありません」

「なんだって隠せるんだな」

　昨日のすべてはなかったことになる。あるいは、事実とはまったく異なる形に変換されて、世に伝えられる。何も変えられなかったどころか、何一つ残せもしなかった。爪《つめ》痕《あと》ひとつたりとも。

　竹一の演説が耳に蘇った。こうなってしまえば認めざるを得ない。おれたちは道化だ。

　車は海底トンネルをもぐり、ふたたび地上に出た。巨人の墓標のような無数のダクトから吐き出される煙が、空を覆《おお》っている。

「インサイドを出ます。ここからは――」

「貧乏人の世界だ」

　アウトサイドに帰ってきた。〈S.H.E.L.L.〉の見立てでは、正雄は捕捉されにくいアウトサイドに潜んでいるらしい。正雄もまた、葉藏の身柄を狙《ねら》っているという。その接触に備えて空には葉藏を監視するためのティルトローター機が飛んでいる。

ご苦労なことだ。

「ご協力くださったこと、本当に感謝しています。〈S.H.E.L.L.〉体制は未完成だと承知しています。環境は万全ではありませんし、大勢が貧しさに苦しんでいることもわかっています」

葉藏は答えない。美子の語る言葉には、返す言葉がない。それは美しく正しくあるがゆえに、葉藏の心には響かない。美しく正しすぎて、人間的ではないからだろう。

「でもいつか、誰もが健康で幸福で、竹一さんのような被害者を出すことのない社会が創《つく》れると、わたしは信じています」

それにしても、と葉藏は見当はずれのところでひそかに感心していた。まったくよくしゃべる。上《うわ》っ面《つら》の言葉が本人にとっては本音であるとはいえ、こうも淀《よど》みなく話し続けられるのは才能か、あるいは訓練のたまものか。

そこで、気づいた。

「そっか、君だ」

「はい?」

「君、テレビでよく見る、あの柊美子だ」

「ええ。広報官も兼務しています」

最近では〈合格式〉のPRなどでよく見る。〈S.H.E.L.L.〉の広告塔ともなれば、顔を見ない日、声を聞かない日のほうが珍しい。この国でまともに生きていれば。

人気に応じた苦労や忙しさはあるのだろう。少なくとも、どうでもいい一般人を家に送り届けることが、美子にふさわしい任務であるとは思えない。買って出たのか、見込まれたのか。いずれにせよ、〈S.H.E.L.L.〉における美子の評価によるものだろう。

「なんでそんなに一生懸命なんだよ」

声には、怒りがにじんだ。隠そうとは思わなかった。

「どういうことですか」

「そんなにおれたちを、勝手に死ぬこともできない家畜にしたいのか」

もう少しはまともに響くかと思った葉藏の声は、大きくもないエンジン音にさえ負けてしまうほどになった。所詮《しょせん》、言葉も怒りも竹一の借りものだ。美子をひるませることもできない。

「わたしは、このままでは崩壊しかねないこの文明を、再生させたいんです」

会話はかみ合わない。かみ合うはずがない。立っている場所が違いすぎる。目指している場所が違いすぎる。歩いてきた道が違いすぎる。

人間としての在り方が、違いすぎるのだ。

「要は、堀木正雄が消えればいいんだろ?」

美子は答えなかった。今度の沈黙が意味するものが肯定ではないことを承知しながら、葉藏は言葉をついだ。

「いいさ、やってやるよ」

葉藏は気づいていない。おのれの瞳が、赤く濁っていることに。

葉藏の部屋は、「メロス」というバアの二階にある。ほどなく着いた。夜になれば看板にはネオンが灯《とも》る。予想された妨害がなかったことに葉藏は拍子抜けし、美子は安堵《あんど》の息をついた。

護衛代わりにつれてきたドローンになにやら指示を出している美子を無視し、葉藏は扉を開けた。十人も入ればいっぱいになる店内には、嗅《か》ぎなれた木材とアルコールの匂《にお》いが充満していた。

「葉ちゃん」

「葉ちゃーん」

先に上がった鋭い声がバアの主であるマリアの、遅れて続いた間延びした声が恒子《つねこ》のものだった。まだ昼すぎだというのに、二人とも店に入っていたらしい。マリアがカウンターの中で煙草《たばこ》をもみ消し、恒子はスツールから飛び降りて駆け寄ってくる。

「心配してたんだから、ニュース見てさー」

「大丈夫だよ」

なれなれしく肩に手をかけてくる恒子から、身をよじって逃れた。

「ママ、正雄さんは来た？」

「朝にね。葉ちゃんと竹一がすごい事故に遭ったって伝えてくれたわ。でもよかった、無事で」

「この花は？」

竹一のことを聞かれる前に、話をそらしたかった。カウンターに置かれた花瓶に、青い花が挿してあったのが好都合だった。細い茎に不似合いな大きな花弁を開いている。人工的なほどに青い花びらが、目に痛かった。いつ頭を落として朽ちるかわからない不穏さが、美しさを際立たせていた。

「その時に、正雄さんが持ってきてくれたものよ」

「あの人が？」

「あ、ねえ葉ちゃん、その服どうしたの？　かっこいいね、似合ってる」

恒子が服に触れる。ロスト体とやらに変貌した際、葉藏の服は燃えてしまったらしい。施設を出るときに貸与された澁田機関の制服が、急に肌になじまぬ鉛のように感じられた。

「着替えてくる」

「え、なんで、似合ってるって言ってるじゃーん」

騒ぐ恒子をあしらいながら、二階の自室へ続く階段に足をかけた。ぎし、と軋《きし》む音がする。帰ってきた。けれども、もう二度と、竹一がここを訪れることはない。

自室で服を脱いだ。扉までついてきた恒子が、驚いて降りていく。ねえママー、葉ちゃんの体きれいよ、傷ひとつなかった。

深刻な怪我を負えば、体内〈GRMP〉による治癒には時間がかかる。体中の骨が折れた痛みは強烈に覚えている。たしかに、通常であれば傷のひとつやふたつはまだ残っていなければおかしい。

アプリカント。

要するに、人間以外の何物かに、自分はなり下がったということか。

それでもいい、とシャツを羽織りながら葉藏は思った。やるべきことのために、この体が役に立つのであれば、人間を失格することに思うことなどなにもない。なぜ、竹一は死ななければならなかったのか。知りたいことはそれだけだった。

「ご相談があるのですが」

階下に戻ると、美子が店の中にいた。マリアに話しかけている。制帽を頭の上に軽く乗せ、テレビで目にするのと寸分たがわぬ皺《しわ》ひとつない制服を身にまとった美子は、CGではないかと思うほど、内装に馴染《なじ》んでいなかった。〈S.H.E.L.L.〉体制を賛美する人間の代表者である美子と、その価値観を受け入れることができなかった数少ない者たちの寄る辺であるこの店は、これ以上ないほど相性が悪い。

「〈S.H.E.L.L.〉の柊美子さんが、私なんかにご相談？」

「大庭さんのことで」

「そう」

階段を下りきってスツールに腰かけた葉藏を一瞥し、マリアが階段に足をかける。

「葉ちゃん、部屋借りるわよ。ふたりだけの方が、いいみたいだから」

「ありがとうございます」と頭を下げた後、美子は葉藏に耳打ちした。「それほど長くはかかりません。いつ堀木が現れるかわかりませんから、お店から出ないようにしてください」

葉藏は返事をしなかった。必要だとも思えなかった。恒子が隣に腰かけて、腕に手をかけてくる。それをわずらわしく思いながら、マリアと美子が階段を上がっていく音を、葉藏は聞くともなく聞いていた。

＊＊＊

「ごめんなさいね、葉ちゃんの部屋しかないの」

振り返ったバアの女主人は、髪を巻き上げ、細い目を吊《つ》り上げた、美女というより美青年といった印象を与える。言葉に尽くせぬ倦怠《けんたい》が美しさの中に滲《にじ》み、その影がまた美しさを際立たせていた。

「いえ。あの、お名前をお伺いしてもよろしいでしょうか」

「マリアよ」

この二階が、どうやら葉藏が起居している部屋のようだった。想像よりもはるかに荒《すさ》んでいる。少ない家具は例外なく古びていて、床には絵具や酒瓶、効用の怪しげな薬のボトルが散乱している。埃《ほこり》っぽいのは換気をしても改善されはしないだろう。

ここはアウトサイドなのだ。

部屋の中央に移動した美子は、黴《かび》と埃と絵具の匂いを嗅いだ。それが葉藏を形作っているすべてのもののように思えた。先ほどまで葉藏が身につけていた澁田機関の制服が床に脱ぎ捨てられていた。

「ひどいでしょ。これでも少し片づけたんだけど。さ、かけて」

マリアが腰かけたソファから埃が立ち、窓からの陽をはじいてきらめいた。塵《ちり》ですら太陽の光を借りれば美しく舞う。

「お邪魔します」

軽く頭を下げて、マリアの横に腰かける。目の前に置いてあるイーゼルにキャンバスがかけられている。完成しているのか描きかけなのか、赤黒く染まる、ヒトガタの化け物がそこにいた。

　葉藏が描いたものだろうか。

「それで、どういうご用？」

　促されて、本来の目的を思い出す。

「失礼ですが、大庭葉藏さんのご親族でしょうか」

「家主、みたいなものよ。葉ちゃんに家族はいないわ。本人が言う限りはね」

　家族がいなくとも、生みの親はいるはずだった。人間は木の股《また》からは生まれてこない。それでもいないと言うのならば、家族という存在を決して認めまいとする葉藏の意思なのだろう。

「大庭葉藏さんを〈S.H.E.L.L.〉の機関員として迎えいれたいと考えています。それで、ご挨拶《あいさつ》をと」

「そう、急な話ね」

「機密事項なので詳しくご説明できず、大変申し訳ないのですが」

「説明されてもどうせわからないわよ。こんな所までついてきたってことは、なにか葉ちゃんが困らせてるのね」

「そういうわけでは――」

　言いかけた美子を遮って、マリアは腰を浮かせた。窓際に寄って、窓を開ける。外には川が流れている。水の音と臭いが上がってくる。

家主みたいなもの、とマリアは濁した。家族みたいなものではなく、ただの家主でもなく。

葉藏とマリアの間に流れている関係の深さが分からず、美子は戸惑っていた。マリアはこれ以上ないほど慎重に、葉藏との距離を保ってきたのだろう。踏み込めば逃げられる。突き放すには哀れすぎる。つかず離れずの仲が熟しきった時に見せる爛《ただ》れの色を、清潔な世界でのみ生きる美子は知らない。

「私の知る葉ちゃんはとても素直でいい子よ」窓枠に腰かけたマリアの声は、少し低い。「ろくでもないのは父親。子供の葉ちゃんを捨てて蒸発したらしいわ」

「そうですか」

ちくりと刺さった胸の痛みを無視して、美子は先を促した。

「親なんかいなくたって生きていける歳《とし》になっても、日がな一日、絵を描いてばかり。友達も竹一だけ。変わった子よね。でもあの子なりに居場所を探してるのよ。絵を描くことでね」

「絵、ですか?」

ただならぬ迫力を持った絵を眺める。素人《しろうと》の美子が見てもわかるほど、鬼気迫るものがある。描かなければならないという意思をもって描かれた絵に違いなかった。

階下に多く飾ってあった他の絵も、すべて同じタッチによるものだった。あれらもまた、すべて葉藏が描いたものなのだろうか。ひときわ印象的だったのは、扉を開けてすぐの壁面にかけられていた裸婦像。

マリアのヌードであることは瞭然《りょうぜん》だった。

「変だって思うでしょ。年甲斐もなく、裸を描かせたりしてって」

「いえ」

見透かされたような気がして、首を振った。変だとは思わなかった。自分なら、そうはしないだろうとも思った。

「描いてもらってよかったわ。合格式なんて決めた人達からすれば失格でしょうけど。でも何が合格か、誰にわかるの？　美しさも幸せも人それぞれじゃない？　……ああ、ごめんなさい。あなた、〈S.H.E.L.L.〉の人だったわね」

マリアのように考えている人が、わずかながらもいることを、美子は知っている。なぜ彼らがそう考えるのかを、今でも美子は考え続けている。つまり、なぜ健康と長寿を疎《うと》ましいものだと理解してしまうのか、そこにある理由と信仰を、美子はとらえあぐねている。

しかし、問われた。問われてしまえば、答えるべき言葉は決まっている。これまで何度も繰り返し、これからも何度も繰り返すだろう、美子の信念。

「〈S.H.E.L.L.〉による健康と長寿は、わたしたちが守るべき、万人の願いだと思っています」

万人の、とあえて言葉にした。目の前にいる人が誰であれ、美子にはそう答えるしかない。そう答えるべきであると信じていた。

マリアにとって意外だったのは、返答そのものではなかったのだろう。おそらくは美子の声音、表情。みずからが語った言葉に、微塵《みじん》の疑問も感じていない心根の在り方。いや、疑問を抱く余地を抜かりなく削《そ》ぎ落そうとする、徹底した潔癖さ。マリアの鼻がかぎ取ったのは、美子自身でさえ気づいていない、異常なほどの頑《かたく》なさだった。

「あなた、信じる天才なのね」

返答に戸惑った。皮肉には聞こえなかった。羨望《せんぼう》さえ滲んでいた。それと同じだけの憐《あわ》れみも。結局、言葉は出てこなかった。

「葉ちゃんを〈S.H.E.L.L.〉に迎え入れるっていう件、申し訳ないけど、私がどうこう言う立場じゃないわ。葉ちゃんがしたいと思えば、そうするんじゃないかしら」

マリアの本心をはかりかねて、美子はわずかに言いよどんだ。

しかし、結論はひとつしかない。

「では、大庭葉藏さんの身柄は、正式に預からせていただきます」

立ち上がって、礼をする。歩き出す。マリアの前を横切って、部屋を後にする。もう二度と、この部屋には訪れないだろう。美子も、おそらくは葉藏も。

「あなたも葉ちゃんに描いてもらいなさいよ。美しいうちに」

その言葉に、どんな意味があったのか。考えることはできなかった。どうあっても、それは美子の信念と相いれないものだった。

「お邪魔しました」

階段を下る。

話は終わったのだ。そして、ここからはじまるものがある。大庭葉藏を〈S.H.E.L.L.〉に迎え入れ、研究に助力を得られれば、文明再生への道が開ける。

まずは葉藏に〈S.H.E.L.L.〉の活動の意義を認めてもらうところからはじめなければ。そう決意してバアに戻った美子の視界に、しかし葉藏の姿は映らなかった。

「大庭さんは？」

恒子に尋ねる。返答を聞く前から、嫌な予感はしていた。

「どっか行っちゃったわよ」

聞き終わるが早いか、美子は駆けだしていた。心に秘めたものがあるようには見受けられていた。それでも、行くべきところなどないはずなのに。堀木正雄の脅威については、十分に伝えていたはずなのに。

バアの扉を開けて外に出たとき、後方から、恒子ののんきな声が聞こえた。

「ママぁ。アタシ葉ちゃんに振られちゃったぁ。これ飲んで死んじゃおうかしら」

その言葉の意味を考えるには、美子にはあまりに余裕がなかった。

＊＊＊

向かっているのは、あの境内だった。

国家機関である〈S.H.E.L.L.〉にとって、人間ひとりの居場所を割り出すなど、そう難しいことでもないだろう。逃げ切れるとは思っていない。

それでも、言いなりになるのはごめんだった。どうせ生きている意味もわからない。文明だの再生だのどうでもいい。知りたいことがあるのだ。

目的地に着いた。夜には原色のネオンで彩《いろど》られる山門は、こうしてみるとただの古びた遺物だ。寺は、廃墟《はいきょ》に近い。

全力で坂を上がってきたせいで、息が切れている。膝《ひざ》に手をついて、荒く息をする。

でも、それだけだ。

「痛く、ない」

マスクなしでアウトサイドの空気の中を走ったのだ。普通ならば喉を痛めて激しくせき込むはずだった。なのに、運動による息切れはあるにせよ、汚染された大気への拒絶反応が起こらない。

「アプリカントか」

生命機能が進化すると、本当の意味で大気汚染も気にならなくなるらしい。悪いことばかりでもないなと思いながら、葉藏は歩き出す。

昨夜、ここで竹一と話した。人間が人間であるには、死が必要なんだと言っていた。その竹一は死んだ。望んだ死にざまであったとは、到底思えなかった。

ポケットを探って、焼け焦げた紙きれを取り出す。地獄の馬の絵。変わり果てた竹一と面会した際に、美子の許可を得て持ち出したものだ。化け物に成り果て意志を失ったまま死んだのだとしても、竹一の魂はあそこにはとどまらない。

帰ってくるとすれば、ここだと思った。だから、はなむけにするものを供えるべき場所も、ここ以外にないはずだった。

竹一がよく腰かけていた鉄塊の上に地獄の馬の絵を置いた。ただの鉄くずを組み合わせたものを、玉座と呼んで喜んでいた。絵はいずれ風に飛ばされ、どこかへ消えていくだろう。それでいいと思えた。そうあるべきだと思った。

手は合わせなかった。鉄塊の周囲に散乱したジャンクパーツの中で、まださび付いていないジャックナイフのひらめきが目を射た。竹一のものだ。手を伸ばした。刃に映る自分の顔は、いつものように冴《さ》えない。

「葉藏」

静寂に満ちた境内に、足音が響いた。手にしたナイフをとっさに背に隠し振り向くと、堀木正雄がこちらを見ていた。

「なんで、ここに？」

ここに現れて自分を捕獲するものがあるとすれば、追跡してきた〈S.H.E.L.L.〉の手先だろうと思っていた。正雄は右手に下げていた青い花束を胸に抱えなおした。

「俺は、ロスト体が個別にもつネットワークにアクセスできる。お前は〈S.H.E.L.L.〉とロスト体、両方のネットワークを持ち合わせているようでな。その影を辿《たど》っただけだ」

絵の横に花束を添えながら、正雄は言った。なにか厄介なことを言われた気がしたが、意味が頭に入ってこない。動揺する葉藏をしばし無視して、正雄は目を閉じた。追悼の時間だったのだろう。竹一への。

この男が竹一を死に追いやったのだと聞いた。おそらくそのことに偽りはない。だからこそ不思議だった。いま、正雄が竹一にささげている哀悼もまた、偽りのものだとは思えなかった。

ふたたび開いた目を葉藏に向けて、正雄は言った。

「ついてこい」

抗《あらが》うことはできただろう。だから、振り返りもせずに歩き出した正雄の後を追ったのは、まぎれもなく葉藏の意思だった。竹一の死の理由を聞くのに、この男以上の適役はいないはずだった。

――聞き出して、それでどうするつもりだ？

自問に答えは見つからなかった。


「〈ヒラメ〉に保護されていたのだろう？」

「ヒラメ？」

「聞いていないか。澁田機関のことだ」

工場地帯の間を縫うように、巨大な大気交換用のダクトが大地から突き出ている。斜めに切られた竹を数十倍にしたようなそれは、汚染された空気を吸い込み、浄化された空気を排出するための設備だ。これも〈S.H.E.L.L.〉によって管理、運営されているが、この国の大気汚染を食い止めるにはあまりにも不十分だった。

ダクトに囲まれた公園では、まだ十にもならない子供たちが遊んでいた。親たちが少し離れたところで見守っている。微笑《ほほえ》んでいるのだろうか。子供も親も、マスクをしているせいで表情をうかがい知ることはできない。

「澁田機関は〈S.H.E.L.L.〉直属の組織だが、一般にその存在は公表されていない。現にお前も聞いたことがなかっただろう。なぜかわかるか？」

「さあ」適当な相槌《あいづち》で興味がないことを示したのだが、正雄は続けた。

「奴らの存在意義がヒューマン・ロストに対抗することだからだ。ロスト現象を発表していないのだから、ヒラメの存在も公にできるはずがない。ヒラメにはふたつの部門がある。実行部隊はロスト体の処置を、研究班はその解析を行う」

　昨夜の光景を思い出した。竹一が暴走を終えたとき、上空のティルトローター機から降下してきたあの謎《なぞ》の戦闘員たちが、つまりは澁田機関の実行部隊だったということか。

「ヒラメという通称は、創設期の三つの仕事、人的情報収集（Human Intelligence）、研究所の運営（Laboratory）、装備の開発（Mechanist）の頭文字からだ。当初はどうしたものかと思ったが、今にしてみると悪くない名づけだったな。〈S.H.E.L.L.〉の機嫌をうかがってへつらってばかりいる奴らには、海底に沈んで上ばかり見ているヒラメの名がお似合いだ」

「興味ない」

「だろうな。だが知っておけ。いずれ、知らなければならないことだ」

　歩いている道からは、遊んでいる子供たちの姿がよく見える。

「不思議なことだと思わないか？」

「なにが？」

「この国の人間が感じる幸せの大半は、〈S.H.E.L.L.〉が脳内物質を操作した結果だ。しかしそれを拒む者もいる。お前や竹一のように」

黙っている葉藏を無視して、正雄は続けた。

「〈S.H.E.L.L.〉に従っている多くの者たちが正しいのか、違和感を抱いたお前たちが正しいのか。興味はないか？」

立ち止まって、正雄は振り返った。背後には、古びたエレベーター塔がそびえている。大気交換ダクトと接続されているようだった。

「ここは？」

「俺の仕事場さ」

正雄がエレベーターに近寄って、ロックを司《つかさど》るコンソールに手をかざした。触れる前から起動したコンソールが、画面にパスワードを並べていく。セキュリティを破っているのだ。画面がグリーンを示すと、エレベーターの扉が開いた。

「アプリカントになると、こういう芸当が可能になる。乗れ」

エレベーターに足を踏み入れる。設備は古びているが、よく使われているようで、床に埃はない。意図は不明だが、仕事場というのは本当らしい。

「マスクをせずとも楽に息ができるのは、汚染された空気に適応できたからだ。覚えておけ。お前ももう、アプリカントなのだから」

軽いモーター音とともにエレベーターが下降する。B3が表示され、扉が開く。その先の空間は暗く、思いがけず広かった。縦横百メートルはあるだろうか。壁際に設置されたライトが、見渡す限り、床一面を青く照らしている。

「花？　青い……」

部屋というより、一面の花壇《かだん》だ。照らされているのは床ではなく巨大なプランターで、輝いている青い光はライトをはじく可憐《かれん》な花弁だった。

「ケシの花だ。高山には昔から咲いていたものだ」

「育てているのか？　こんなところで」

「〈S.H.E.L.L.〉から送られてくる浄化空気には植物の成長ホルモン増進薬が含まれていてな。おかげでよく育つ」

実際、ケシはそれぞれがたくましく花をつけて美しい。汚染された大気の下では不可能だろう。ここは、正雄の手によって整備された農場なのだ。

プラントの小路をたどって、正雄は奥にあるデスクへと移動した。小さなパソコンと、薬剤サンプルらしきものが置いてある。デスクの横にはベッドがあった。

「ケシの樹脂成分と俺の血から作り出したのがアンチGRMP薬だ。ケシが脳に影響を及ぼすメカニズムを利用している」

デスク上の端末を操作しながら何でもないことのように正雄は言う。しかし、葉藏の背筋には冷たいものが走った。聞き流せない言葉だった。

葉藏は、それを聞きたかった。

そこから先の話を、聞きたかったのだ。

「なんでだ」

「なにがだ？」

「なんで、竹一を化け物にした！」

その答えだけが、いまの葉藏の欲しいものだった。正雄は一度だけ手を止め、葉藏を振り返り、眼鏡越しにその瞳を見据えた。葉藏は、ひるんだ。

濁りのない目だった。どうすればこんな目をしながら生きていられるのだろう。

「不老長寿を実現しようとした連中がそうしたんだ。俺はそれに加担したことを後悔している」

「加担？」

「俺はな、この国最後の医者だった。医療革命のため、必死に働いたよ。そして、あの無慈悲な生命維持システムを、〈S.H.E.L.L.〉を生み出してしまった」

生まれたときから、〈S.H.E.L.L.〉はあった。葉藏にとっての世界とは〈S.H.E.L.L.〉なしで語れるものではない。それがいつ、どのように、誰の手によって生み出されたかなど考えたことはない。空に太陽があるように、〈S.H.E.L.L.〉はこの国にあるものだと思っていた。

そんなはずがないのに。

「お前が、生み出した？」

「アプリカントは人間よりはるかに長命だ。俺はもう、二世紀近くを生きている。〈S.H.E.L.L.〉の前身にあたる組織にも所属していた。まだそのころは人間だったがな」

抑揚なく語る正雄の声には、真実の重みがあった。だからこそ、疑問が湧《わ》いた。

「どうして？　自分で生み出した〈S.H.E.L.L.〉を、どうしてそこまでして破壊しようとするんだ」

「生み出したことを後悔しているから、という他に、理由があると思うのか？　それをありがたがっている者たちも多いがな、本質的にこの国の人間は〈S.H.E.L.L.〉のネットワークによって支配されている。そのネットワークから外れ、真の自由を取り戻した姿がロスト体だ。つまり、ロスト体こそが俺達の本当の姿なのだ。そう柊美子から教わらなかったか？」

「でも、普通に死ねる人間もいるって」

「〈S.H.E.L.L.〉が変異を抑え込んでいるだけだ。我々は無理やり人間をやらされてるんだよ。竹一は、その抑圧を感じていた。無理やり人間をやらされていることに限界を感じていたんだよ」

「竹一が望んだって言いたいのか。あんな結末を」

「死ぬために真の人間に戻る。彼は願いを叶《かな》えた。だいたい、殺したのはお前だ」

「なに？」

虚を突かれた葉藏を、正雄は見逃さなかった。眼鏡の奥の目が冷徹に光る。唐突に理解した。

この男はたしかに、医者だったのだろう。

「そうか、人間に戻る前の記憶はないのか。美子もそれだけは教えてくれなかったのだな。かわいそうな奴だ。ならば教えてやる。ロスト体となった竹一を引き裂き、殺したのはお前だ」

「おれが？」

てのひらに視線を落とす。そこに、血だまりの幻影を見た。

「竹一の死骸《しがい》を見たのだろう？　ヒラメの実行部隊の装備では、ロスト体をあそこまで破壊することは不可能だ。人間の持つ武器に可能な損壊ではなかったことくらい、お前にもわかるだろう？」

正雄の言うことの正しさなど証明できない。わからないと首を振ってしまってもいい。

しかし葉藏にはそれができない。

だって、きっとそれは、真実だから。

「たったひとりの友人だった竹一を、お前は生きたまま無残に引き裂いたのだ」

「だまれ……！」

考えるより先に体が動いた。境内で拾ったジャックナイフが、ポケットの中で息づいていた。正雄の懐《ふところ》に踏み込むと同時に刃を出した。ひらめきが正雄の腹に吸い込まれていった。

皮を裂き肉を貫き内臓に届いた。その手ごたえがあった。しかし正雄は動じない。

「ふん」

もみ合いを避けるように、正雄は葉蔵の襟首をつかみ、突き放した。ナイフの柄は、
正雄の腹から突き出したままだ。

顔を上げ、正雄を見る。目を見る。見つめる。

「竹一は、おれの友達だった！」

叫びに応《こた》えることなく、正雄はナイフを抜き、みずからの血で穢《けが》れた刃を覗《のぞ》き込んだ。

あざけるように言う。

「アプリカントでなくとも、もうこれで死ぬ奴は一人もいないぞ」

刃を収め、ナイフを胸元のポケットにしまう。

「その怒りも、お前のプライドも、〈S.H.E.L.L.〉が無意味なものにしてしまったんだ
よ」

悔しい、と思った。

正雄の言っていることを、理解できてしまう自分が。

それとも、これは恐怖だろうか。

信じていたものすべてが崩れ落ちていく恐怖。底知れぬ世界の裏側の臭気を、期せずしてかぎ取ってしまったがゆえの恐れ。

葉藏の怒りと戸惑いに水を差すように、ローター音が響いてきた。プラントは地下にあるが、上階は吹き抜けだ。何らかの手段で葉藏か正雄の居場所をつかんだ〈S.H.E.L.L.〉の哨戒機だろう。

「時間がない」

すでに腹の傷も塞《ふさ》がり切ったのか、素早くデスクに戻った正雄が、端末を操作する。

「お前に見せたいものがある」

応とも否《いな》とも答える間もなく、正雄の操る端末から立ち上がったホログラムを見て、葉藏は眉《まゆ》を寄せた。赤と青の二色で構成された立体グラフは、奇妙なことにわずかたりとも安定していない。キューブの中であらゆる曲線がさざ波のように動き続けている。

「これがわかるか？　全国民のバイタル・ビッグデータをもとに社会のゆく末を予測する、文明曲線ってやつだ」

「これが、文明曲線？」

「ほう、聞いているか」

美子の説明を聞き流していたせいで、それが何かまでは理解できていない。葉藏は無言で首を振った。

「これを〈S.H.E.L.L.〉の連中は御本尊のように崇《あが》めている。この赤のグラフが、ロスト化が多発し、二十年以内に国民の九割がロスト体となり文明が崩壊する未来を示した崩壊曲線だ。もう一方の青いものが、崩壊を先延ばしすることで文明が再生する未来を示す再生曲線」

「二十年以内？」

「そこまでは聞いていなかったか。まあ続きを聞け。本来の生命機能が進化した存在であるアプリカントは、いわば〈S.H.E.L.L.〉より上位の存在だ。このグラフから読み取れるものは、俺たちアプリカントの方がはるかに多い。俺がこのビッグデータにアクセスした結果、あるイメージが生成された」

正雄が精神を集中させる。ホログラムがさざめき、波打ち、異様な振動を繰り返しながら光を強めていく。

「これは？」

「奴らが崩壊曲線と呼ぶものの正体だ。この国のいきつく未来だよ。話すより見せるほうが早い。今から、俺とお前のネットワークをリンクさせる。暴れるなよ」

何かが破裂する音がした。それが外ではなく、自分の中で鳴り響いた音なのだと認識した時には、葉藏の意識はすでに跳んでいた。

落ちる。落ちていく。それから、浮いている。限りない闇《やみ》の中で。悲鳴さえ飲み込む、粘性の闇。立っていたはずの身体が宙返りする感覚のあと、静寂がやってきた。

やがて、葉藏の前に視界が開けた。異界だった。これが正雄の言うビジョンなのだろうか。

「ここは?」

どう形容したとしても、それが美しい未来であるとは言えないはずだった。コンクリートや鉄の棟は朽ち果て、空は低く、空気は乾いている。流れる水はなく、生い茂る緑もない。真っ赤に灼《や》けた大地に、ただひといろ、青いケシの花畑だけが広がっている。ケシは、おびただしい数のロスト体の骸《むくろ》に根を張り、花を咲かせている。養分としているのだろう。意識だけの存在として立つ葉藏の足元にも、朽ちたロスト体が横たわっている。

おぞましい光景だった。しかし、信じがたい未来でもなかった。どこかで想像していた楽園の崩壊は、たしかにこういう輪郭をしていたはずだ。なにより、葉藏はこの光景を見たことがあった。

いつも見るあの夢。忌々《いまいま》しく忘れがたい夢。笑えと迫られ、首を絞めつづけられる苦《く》悶《もん》のひととき。大切なことを忘れているぞ、と咎めるように繰り返されるもの。夢は無から生まれるものではない。体の内側からあふれ出るものだ。

だからこそ、不思議だった。葉藏が生み出した悪夢と、なぜこの世界はこうも似通っているのだろう。あの夢は、何を暗示するものなのか、はじめて疑問を抱いた。

「それが、この世界のいきつく先だ。崩壊のビジョンだ」

どこからか正雄の声が響いてくる。これは、正雄が文明曲線に触れた時に生成されたビジョンだといった。正雄がそうあれかしと願った未来ではないはずなのに、なぜか声の響きはわずかに満足気だった。

こんな絶望の具現のような世界が、この国の行きつく先だというのなら、もう生きるだけ無駄じゃないかと思えた。生きたいとも死にたいとも思えなかったはずの葉藏の心に、深い傷がついた。それでもどこかで、世界は美しくあってほしいと願っていたのだろうか。

願ったことも、あったのだろうか。

「二十年以内には合格者の寿命が尽きる」

「なに？」

「そうなるさ。二十年前には三百人いた〈合格者〉たちも、百四十歳を超え、今や百八人だ。なにより、生物には限界寿命というものがある。知っているか？」

葉藏は無言で首を振った。

「病や事故ではなく、いかんともしがたい細胞の劣化によって死に至る、その限界年齢のことだ。怪我《けが》と病を克服したところで、限界寿命は易々《やすやす》と延ばせない。――そもそも、みんな死にたいんだよ。誰もが本来の生命を失い、慢性的な苦痛を薬や刺激でごまかして生きている。〈S.H.E.L.L.〉が死を許さんせいでな。その抑圧が長引くほど、ロスト現象は激しさを増す。そうなれば新たな合格者を補充したとしても焼け石に水だ」

何が楽しいのか、正雄は喉《のど》の奥に笑いを溜《た》めている。

「体内に〈GRMP〉を埋め込み、それをネットワークで同期した時から、この終焉《しゅうえん》は決まっていた。人々に健康と長寿を与えると謳《うた》う〈S.H.E.L.L.〉の存在そのものが、この未来を導くのだ」

足元が崩れていく心地がした。そのシステムを憎んでいたはずだった。なのに、崩壊を喜べはしない。それが葉藏の世界にしっかりと根を張ったゆるぎない地盤であったことに、ようやく気付いた。竹一がいたら、きっと同じことを思うだろう。敵《かな》わない、壊せないものだからこそ、おれたちは安心して奴らを憎めたのだ。

「葉藏。人間はな、進み過ぎた社会システムに対して失格したんだよ」

「失格……」

脳が揺さぶられたようだった。いや、実際に葉藏の足元は揺れていた。折り重なった無数のロスト体の骸の中から、得体の知れない手が伸びてくる。

「ロスト体は、みずからの死に周囲を巻き込む性質を持つ。死が死を呼び、その連鎖の中で社会は寿命を迎えるのだ」

葉藏の意識はふたたび闇の中に落ちた。

「俺が人生を捧《ささ》げた研究は、人間の尊厳を棺桶《かんおけ》に閉じ込めることでしかなかった。棺桶の中で、人間は苦しみに終わりが訪れることを望んでいる。終わらせてやることこそ俺の役目であり、この世界最後の医者としての務めだ」

強い者の声だった。

葉藏には持ちえないものを持っている者の声だった。

「〈S.H.E.L.L.〉を破壊しなければ、この生き地獄は終わらない」

確たる信念。この生の中で、成し遂げなければならない何事かを持ち、その道を邁進《まいしん》し続けるものだけが持ちうる強靭《きょうじん》な鋼《はがね》。正雄の声が鎧《よろ》っているのは、正雄自身が培《つちか》ってきたゆるぎない彼の哲学だ。

「強欲な老人どもはお前を生贄《いけにえ》にするだろう。アプリカントであるお前を合格者に加えれば、奴らのシステムを延命することができる。だが、そんな惨《みじ》めな命に何の意味がある？　それよりも俺と来い。二人で滅びを受け入れ、人間を一からやり直させるんだ。その方法が、俺にはある」

畳みかける正雄の声に、葉藏の意識は抗った。正雄を否定しているわけではない。

〈S.H.E.L.L.〉を肯定しているわけでもない。何かを選ぶ、誰かを選ぶ。そのことが葉藏にはできない。だってそれは生きるということだ。選ぶことは生きることだ。前を向いて、自分の人生を生きるということだ。

「いやだ、やめろ」

それが嫌で。

それだけがしたくなくて。

今日まで、こうして過ごしてきたのに。

いまさら、世界だ文明だなんて大きな話に巻き込むな。おれの背はもういっぱいだ。これ以上もう何も背負えない。そういうものを、おれはあの時に背負わされたのだから。

あの夜、すべてが終わってしまったあの夜に！

「おれには関係ない！」

叫びながら、飛び起きた。全身が汗にまみれている。先ほどのプラントの奥で、葉藏は倒れていた。どこからがビジョンで、どこからが現実だったのか輪郭があいまいだ。

ただ、戻ってきた。

「では何を望む。もはや部外者でい続けることはできないことを理解しろ。現在に留まる道はすでに閉ざされている。身の振り方を間違えれば、望まぬ未来を引き寄せるぞ」

プラントの奥から、歩み去る正雄の声が聞こえた。エレベーターが起動して、上昇していく音が続いた。まだ荒く息をする葉藏を残して、正雄は去った。

部外者でいることはできない。無理やり道を歩ませてくれていた竹一はもういない。

正雄も、美子も、葉藏に選択を迫っている。その選択で、この国の未来が決まるのだと。

「望まぬ未来?」

正雄は。

正雄は、なぜここに葉藏を呼んだ? なぜ葉藏をここに残して去った。仲間になれと無理強いすることもできたのにそうしなかったのはなぜだ?

「——選ばせるために?」

本能はすでに結論にたどり着いていた。体中からふきだす冷たい汗が、認識を使い慣れた言葉に書き換えていく。

すでに葉藏が未来を選択するための仕掛けを施し終えているから、正雄は去ったのではないか?

現在に留まる道はすでに閉ざされている、と正雄の声が脳内で残響している。現在とはなんだ。おれの居場所は、もう何年も前からずっと、あのバアだった。

「まさか」

そう意識する前に、葉蔵は走り出していた。どうして忘れていた。どうして、あれを気に留めなかったのだ。バアのカウンターに飾られていた花があった。正雄が持ってきたものだと言っていた。鮮やかな花弁の開いた青い花。あの姿は、ここに咲くケシとうり二つだ。

正雄はこうも言った。アンチGRMP薬は、ケシの成分から作るのだと。その薬によってロスト体が生まれるのだということを、葉蔵はすでに知っている。

葉蔵がエレベーターに乗り込むのと同時に、上階の吹き抜けから複数のドローンが降ってきた。輸送機から投下されたものだろう。さらにヒラメの実行部隊が続く。

正雄を追ってきたものか、葉蔵を追ってきたものか、そんなことはどうでもよかった。葉蔵はただ、バアを目指した。

手遅れだった。

勢い込んで開いた扉の向こうで、無数の触手が蠢《うごめ》いている。それを操って、岩石の化身が佇《たたず》んでいる。今ならわかる。あれがロスト体だ。誰がそうなり果てたのか、考えるまでもなかった。この店にいるべき人間はふたりしかいない。そのうちのひとり、マリアは、まさに触手に全身を貫かれ血を垂れ流している。

だから、本当に終わってしまったのはもうひとりの方だ。

恒子。

けだるげに葉藏を呼ぶ声が耳に残っていた。何度も同じ話をするのが癖だった。何度同じ話をしても、嫌な顔ひとつせずに聞き続ける女だった。葉藏が名前を呼んでやると、それだけで妙に幸せそうな顔をしていた。ママがいてくれたから、あたしは人間でいられたの、と酔った恒子は言っていた。踏み込んだ話は聞かなかった。大切な人たちに裏切られ、薬に溺《おぼ》れて自傷を繰り返していたときに、ママだけがあたしの声を聴いてくれた。だから、あたし、ママだけは裏切らないって誓ったの。ママのこと、好きだから。

酔ってまともに回らぬ舌で、そんな世迷いごとを言った。何度も繰り返した。

それがいま、化け物になった。おそらくはカウンターに咲くケシの花を眺めながら、正雄から譲られたアンチGRMP薬を飲んで、彼女は爆《は》ぜた。あたりの壁やカウンターや床の物質を巻き添えに、基準を失った体内〈GRMP〉の暴れるままに。

そうして得た怪力で、恒子は、ほかならぬマリアを貫いたのだ。

「うわあああ！」

葉藏の叫びに、マリアの身体が揺れる。意識がある。首と視線だけでこちらを向いて、かろうじて無事だった喉から声が絞り出される。

「葉ちゃん……。〈S.H.E.L.L.〉にコール、して。恒ちゃんが……」

コールしたところで遅いのだ。ヒラメの実行部隊がやってきて、恒子を殺すだけだろう。宙づりにされたマリアの奥にあったはずの壁は、もう破壊されて跡形もなくなっている。凶悪な夕日が躍り込んだ。夕日は美しくない。その赤に照らされて、玩具のようなビルがシルエットを伸ばしている。

「やめてくれぇ！」

よろよろと近寄って、叫ぶ。知識は役に立たない。ロスト体に意思はないと教わったはずなのに、葉藏は必死に懇願する。ロスト体となった恒子が反応したのはその声でも、ましてや言葉でもなかった。

葉藏の体内〈GRMP〉。

みずからの死に巻き込むために、触手が伸びた。よける間もなく貫かれる。二度目だ。竹一と、恒子。顔を知り、生活を知っていた者たち。彼らの手によって、葉藏の体が暴かれる。

口から血があふれる。貫かれた胸からも流れ落ちる。意識が失われている。抗うつもりで触手を摑《つか》んだ両手が、少しずつ力を緩めていき、やがて命をあきらめるように、ぶらりと落ちた。

その後に起こったことは、あの夜と同じだった。

「あ、あああ」

死んでいたはずの葉藏の目が開き、全身を灼熱が満たした。手足がひきつり、皮膚が引き裂かれていく。瞳の赤さが夕日のそれを上回った瞬間、爆音を上げて黒い渦が発生した。渦はあたりを巻き込んで暴風域を形成する。ヒューマン・ロスト。

葉藏が、人間を失格する。

あたりの物質すべてを巻き添えに、葉藏はふたたび化け物になった。巻き込んだものは、無機物だけではなかった。すでにロスト体によって絶命させられていたマリアの死体を飲み込んで、葉藏は爆ぜた。黒い渦が収束し、竹一を葬《ほうむ》ったあの化け物の輪郭を得たとき、もはや葉藏の意識はなかった。

かろうじて爆発に耐えたロスト体の恒子は、その圧倒的な暴力に立ち向かうすべを持たない。意思のない化け物同士の対峙《たいじ》は、殺し合い以外のなにものも予告しなかった。蹂躙《じゅうりん》がはじまり、間もなく終わった。あたりには、命あるものは何も残らなかった。

夕日が、西の地平へ落ちていった。

＊＊＊

急報を受けた美子がバア「メロス」に到着したころには、日が暮れていた。すでに消火は終わっていたが、爆散のあとは生々しく残る。なのに、野次馬はひとりもいなかった。生活している人間はいるはずなのに、あたりは寂《せき》として声もない。

アウトサイドでもインサイドでも変わらぬ生活の掟《おきて》が一つある。不用意に踏み込まず、不用意に踏み込ませない。人死にのなくなった社会は、互助性の喪失も加速させた。

美子が、すでに意味をうしなった扉に手をかけ、押し開ける。月明りに照らされた瓦《が》礫《れき》が落とすさまざまな影の中で、葉藏はひざまずいていた。服は、燃えたのだろう。あの夜と同じく、身にまとうものは何もなかった。体と心をむき出しにして、葉藏はそこにいた。

それ自体が発光しているような白い肌が、闇の中、動いた。

「ヒラメには行かない」

言い切った葉藏の頬から滑り落ちた涙が、遠い町の灯を孕《はら》んで鈍く光った。

声はあまりにも哀切だった。店の残骸からは、徹底的に生活の名残が拭《ぬぐ》い去られていた。ここで人が生きていたこと、生活していたこと、憩《いこ》っていたこと。そのすべての証《あかし》が、残らず奪われていた。

「おれが望まぬ未来を引き寄せるって正雄に言われた」

言いかけて、美子は胸をつく激情に耐えた。正気を取り戻した時、この大破壊を引き起こした張本人として、葉藏は何を思ったのだろう。みずからが破壊したこの部屋の中で、みずからが葬った人たちの面影を追い、いったい何を。

「そんなことは！」

何を、思ったのだろう。

想像は美子の良心を超えた。その悲しみを理解できない者として、せめて沈黙する以外に、彼女には何もできなかった。

「崩壊のビジョンとかいう、おれの悪夢と同じものを見せられた」

「崩壊のビジョン？」

「ママや恒子が死んだのも、あいつの言うとおり、おれのせいなのかもしれない」

そうではないと言いたかった。物事はすべて堀木正雄の計画通りに進んでいる。この事態を引き起こしたのは堀木正雄以外にあり得ない。だからこそ、否定の言葉は言えなかった。いま、美子が告げるべきことは、悪役を正雄に押し付ける言葉ではないはずだった。

だから、頭を下げるしかなかった。

「彼女たちのこと、本当にごめんなさい」

守らねばならなかった。堀木のことを止めなければならなかった。堀木の罪を鳴らすためではなく、堀木のたくらみを止めるために、人類をより良い未来に導くために、美子は、生きようと誓ったのだから。

生きていこうと決めたのだから。

「我々のフォロー不足のせいです」

だから、これは、おのれの罪だ。

「お願いです。もう一度だけわたしにチャンスをください」

頭を下げたまま、美子は言った。都合の良い言葉に響くだろう。それでも、ありったけの誠意を込めて、伝えるしかなかった。

あなたのせいではない。

なにもかも、あなたのせいではない。

それでも、あなたにしかできないことがあるのだと。

葉藏は嗚咽《おえつ》した。それが何を意味するのか、美子にはわからない。

「――どうして生きているのかわからないんだ」

「葉藏、さん？」

「何も選ぶことができない。竹一のように抗うことも、あんたたちのように戦うことも、正雄のように憎むことも、おれにはできない。ずっと、そうだった」

その言葉が、自分に向けて放たれたものではないことを、美子は知っていた。

それは告白だった。虚無を抱え、すべてから等しく距離を取り、正しくあろうとする世界の方向性に同意できなかった少年の、今日までの苦しみの告白だった。

「おれは、ずっとひとりだった。生きている人の、その営みの尊さを、おれは理解できなかった。何かを演じているつもりで、はぎとった仮面の下には、本当の顔までなかったんだ」

なにともつながらず、なにも求めず、なにからも求められない。望んだわけではなかったのに、そうとしか生きられなかった。だとすれば、なぜ。

どうしてそこまで自分の価値を見失ってしまったのか。

大庭葉藏のはじまりはどこだったのか。

「おれは、おれは」

世界を受け入れることができず、世界に受け入れられることもできず、少年は裸足《はだし》のまま、幼い心を傷つけながら、今日まで息をしてきたのだった。

葉藏はもう何も言わなかった。月は変わらず姿を瞭《あき》らかにせず、よどんだ夜風が、川の匂《にお》いを運んできた。

小さくなっていく嗚咽を、美子は聞いていた。その肌に触れて、その髪に触れて、かけてやれる言葉があればどんなに良かっただろう。それができない。美子はまだ、葉藏を知らない。

葉藏もまた、美子を知らない。

だけど、と美子は唇を嚙《か》んだ。

崩壊のビジョンが葉藏を追い詰めたのだとすれば、美子にもできることがまだひとつだけあった。柊美子という存在を、何も飾らずに葉藏の前に差し出すことで、ようやく達成できること。

やがて真綿の雲を割って、月がひと時、顔を覗かせた。わずか数メートル。ふたりを隔てる永遠の距離を、破壊された天井の上から降り注ぐひとむらの月光が、音もなく切り抜いていた。埋めがたいその距離を、おのれの存在すべてを賭《と》してでも埋めなければならない。

美子は過去を思い、未来を思った。それから、葉藏のことを思った。歩き出し、瓦礫を踏んで、手を伸ばした。

影が重なった。

＊＊＊

着替えを促され、車に乗せられ、手を引かれるままに美子に連れてこられたのは、天を摩する塔のデッキだった。ずいぶんむかしに役目を終えた、首都を飾るシンボルタワーだ。この高さから見れば、東京全域を覆《おお》う夜に抗うように、〈S.H.E.L.L.〉の本部を包む外殻が光を放っているのがよくわかる。その略称にふさわしく、堅固な二枚貝を思わせる、健康と長寿の砦《とりで》。

視線を移せば東の空には紫の雲がたなびいていた。地平のきわみに並ぶビル群を切り裂いて、じき陽が昇る。一日がはじまっても、失ったものは戻ってこない。すべては変わってしまった後なのだ。

状況はあまりにも目まぐるしく変化し、知らなかったことを一度に聞いた。大切なひとを三人も失った。わが身に起きたことに実感を持てぬまま、こんなところまで連れてこられてしまった。

生きていくには、理由が必要ですよね。バアの瓦礫に囲まれながら、美子はそう言ったのだった。葉藏さんには、わたしの生きる理由を知ってほしいんです。

慈雨が大地に染み入るように、空っぽの心が美子の言葉を受け入れた。息苦しさに合点がいった。理由を持たなくとも生きていかねばならない世界だからこそ、おれはこんなにもつらかったのだと。

「この古い電波塔を使って、初期の〈S.H.E.L.L.〉開発が始まったんです。以前、わたしもよく連れてこられました」

デッキ上を、その際《きわ》に向かって美子は歩く。東を向いているせいで、明るい方へ足を向けていることになる。あとを追うことがためらわれて、葉藏は一歩を踏み出しかねた。ためらってばかりだ、いつも。

「何をするんだ？」

美子は答えず、立ち止まり、振り返り、立ち尽くす葉藏に手を差し伸べた。小首をかしげて、こちらを見ている。口元に浮かんだ笑みは、いつもの作られたものではなかった。

少女の笑顔だった。美子の顔をはじめて見た気がした。

「君は」

「なんでしょう？」

「いや、いい」

歩き出す。手は取らなかった。取れなかった。彼女に触れるのは、自分の色を決める時だ。そんな気がした。

ふたりで歩み寄った先には、公園にある水飲み場に似た端末があった。床面から生えていた。〈S.H.E.L.L.〉が居を移したのはずいぶん前なのだろうから、端末が古びているのは仕方がない。美子が手をかざすと、見覚えのあるキューブのホログラムが現れた。

「これは、文明曲線？」

うなずいて、美子はまっすぐに葉藏を見た。端末を挟んで向かい合う。

「見て欲しいんです。堀木正雄とは別のビジョンを」

「別のビジョン？」と受けてから、うなずいた。「そうか、君もアプリカントだったな」

アプリカントが〈S.H.E.L.L.〉よりも上位の存在だからこそ、文明曲線に触れたときにはビジョンが生成されたのだと正雄は言っていた。美子がアプリカントであるならば、同じことができてもおかしくはない。

美子の見たビジョンは、正雄のそれとは違うということだろうか。あのおぞましい、崩壊の世界とは違うビジョン。そんなものも、そんな未来も、あるのだろうか。

「でも、その前にわたしのことを教えます」

「君のこと？」

明けていく東京を横目に、美子は微笑んでうつむいた。

「興味、ありませんよね。でも」

「いや、そういう意味じゃない」

眉を寄せて怪訝《けげん》な声を出したせいで誤解を招いたようだった。しかし、解《げ》せないものは残る。なぜこのタイミングで、この場所で、個人的な話をしなければならないのか。

「葉藏さんは、アウトサイドへ戻っていく車の中で、なぜわたしが一生懸命なのかと訊《き》きましたよね」

「そういえば、訊いた」

「それをお話ししたいのです」

笑顔が消え、表情が曇った。美子にとって、みずからのことを語るのは、あまり楽しいことではないようだった。それは葉藏にとって意外なことだった。

竹一も、マリアも、恒子も、進んで自分のことを語ろうとはしなかった。彼らが歩いてきた道が泥濘《でいねい》に満ちていたことが想像できる分だけ、意外ではなかった。過去をつまびらかにする。屈託なくそれができる人を幸福というのなら、葉藏の周りには不幸な人間しかいなかったのかもしれない。

　葉藏は美子の瞳を見据え、美子はその視線をかわした。話がはじまった。

「わたしも、一度死にました。わたしを殺したのは、父でした」

　相槌は打てなかった。美子のその唐突な告白は、鈍器で殴られたような衝撃を葉藏に与えた。死んだという事実よりも、そのあとに続いた言葉の方が耳に残った。誰に、殺されたと？

　急に、酸素が薄くなった気がした。そこまでの高度ではないはずなのに。

　ああ、くそ。

　息苦しい。

　まるで、首を絞められたみたいに。

「わたしがまだ十代だったころのことです。父が、あるとき突然『今なら死ねる気がする』と言い出したことを覚えています」

　美子の横顔を、朝焼けが照らしていく。瞳は彼方《かなた》を見ている。あるいは美子は、その光の向こうに、取り戻せない過去を見ているのかもしれなかった。

「ナイフで何度も何度もわたしを刺した後に、父は自分の胸を刺しました。体内〈GRMP〉によってすぐに回復するはずだった父の様子は、けれども急に変わりはじめました。おかしくなりそうな痛みと悲しみの中で、わたしはそれを見ていました。今になればわかります、父はネットワークから外れ、ロスト現象を起こしていたのです。そうして、ロスト現象の中に、消えていく父の心が見えました」

消えていく、心。

美子の脳裏では記憶が再生されているのだろう。顔をしかめ、眉を寄せて、テレビで見るときとは別人のようにたどたどしく言葉を選んで語っていた。

「その父の心を必死に繋《つな》ぎ止めようとして、わたしは手を伸ばしました。触れた皮膚は灼けるように熱くて、父は暴れて、それでも最後には力を抜いて、覆いかぶさってきました。わたしは冷えていく父の身体を抱きしめました。父は、人としてこの世を去ることができたんです」

それこそが、彼女が人生で成し遂げた最も尊いことなのだというように、美子は笑った。死を語っていた。それは致命的に過去に属する事柄だった。過去を語りながら、しかし美子は未来を見ていた。

人々がもし、この女性の中に、美の何たるかを見出《みいだ》していたのだとすれば。

この視線の在り方こそが、その正体に違いなかった。

柊美子は、いつだって未来を夢見るのだ。

「対象に触れることで体内〈GRMP〉の暴走を食い止める。ロスト現象の中に消えていく人の心を知覚して、引き戻す。それが、アプリカントとしてのわたしの能力でした。

事件の後、わたしはヒラメに保護されました。アプリカントが出現したのは堀木正雄以来のことだったので、当時の〈S.H.E.L.L.〉はそれなりの騒ぎになったそうです」

視線は、いまだ交わらない。美子は空を見上げ、葉藏は足元を見ていた。取り落としてきたなにかを探すように。

「それからずっと、消えていく人々の心を、見守ってきました」

それが、柊美子の在り方だった。

彼女にとってのロスト現象とは、すなわちそのことだったのだ。体内〈GRMP〉の暴走も、周囲を巻き込んでの爆発も、道連れのために他者を襲うことも、彼女にとっては本質ではない。

失われるのは、心なのだ。彼女はずっと、その悲しみに、悲しみという名を与え続けてきたのだ。たったひとりで、誰にも理解されぬまま。

父を、喪《うしな》ったその時から。

それはきっと、狂いそうなくらい辛《つら》くて悲しくて、壊したくなるほど尊いことだ。

「ああ」

知らずに流れていた涙が、地面を濡らしていた。その葉藏の脳裏を、狂暴なイメージが侵した。父を喪った時から。父を。父を。父さんを、喪って。

父、を。

「あ?」

息が荒くなる。脳裏に、あの化け物の姿が浮かぶ。違う、それは化け物ではない。化け物であって化け物ではない。首を絞められる。笑えと言われる。あのイメージ、忌々しいあの夢。どうしていまそれが現れる。この悪夢が立ち上がってくる。

叫びが、腹の底からせりあがる。

「あ、ああああ!」

「葉藏さん!」

駆け寄ってきた美子の声が遠い。意識が侵されていく。閉ざしていた蓋《ふた》が開く音がした。

ごまかすな、という声が聞こえた。おのれの声だった。

汗が噴き出し息が乱れる。立っていられなくなって葉藏はひざまずいた。

ずっと何かを忘れているような気がしていた。何かをごまかしているような気がしていた。だから正雄のいう「真実」という言葉にひかれた。ここにいる自分が、すべて偽りの姿であるように思えていたから。

偽りだった。どうしてだろう。どうして。

「思い出した。なんだこれ。今まで、ずっと忘れてた」

意図しない表情が刻まれていく。こんな顔をしたくなんてないのに、頬が勝手に吊《つ》り上がる。苦しいのに、泣きたいのに、唇がゆがんでいく。息が漏れる。ひきつるように喉が鳴る。どうして、今になって。

記憶があふれ出す。

「葉藏さん、しっかりしてください！」

「昔、父さんに、笑えと言われた」

「え？」

「でも上手く笑えなくて」

竹一と同じ施設で育った。父は蒸発したのだと説明した。それ以外に、過去を語る言葉を持たなかった。

それさえ、嘘《うそ》だった。

顔を手で覆う。皮膚を引っ張る。美子の手が肩に置かれる。名前を呼ばれた。誰かにも呼ばれた自分の名前。決して、好きではなかったこの名前。大庭葉藏。

「あ、ああ」

インサイドに住んでいた。父と、母と、自分と。幸せな家庭だったはずだ。満ち足りた生活だったはずだ。けれど、父はそうではなかった。父は規律を求めた。すべてを正しく行おうとした人だった。だから子供だった葉藏は打たれた。しつけだと言って。温かいものはとうに失われていた。それでも、むごたらしく生活は続いた。父は怖かった。

恐ろしかった。だから、父に話しかけられても笑いかけられても、応えることができなかった。うまく、できなかった。

うまくできないものを、父は許さなかった。

「笑えと言われたんだ。何度も何度も。それでも、どうしても、笑えずにいたら、そしたら」思い出される地獄。赤黒い霧が去って、幻影の輪郭が定かになる。「そしたら、目の前で父さんが変わっていった！」

渦を巻く、あの光景を思い出す。ゆがんでいく父の顔を、姿を思い出す。壊れていく好きだった世界のすべてを、それを失っていく絶望を、それが損なわれていく終わりを、ああどうして、おれは忘れていたんだ！

「そして、家族みんな、あの」

「葉藏さん！」

「父さんだったものに、食われた！」

「葉藏さん！」

「笑いたかったのに、笑えなくて！」

あの時、この体は一度死んだのだ。そして炎の化け物になった。ロスト体になった。

ああ、もうわかる。思い出せる。そうして、おれは、

「化け物になった父さんを」生々しい記憶、もう二度と偽れはしない、おのれの咎《とが》。

「この手で、殺したんだ！」

　それから、人間に戻った。本当は人間じゃなかったのに。アプリカントだったのに。

あれからずっと、おれは、人間の振りをして。

「殺した！」

　四肢をついて、頭を打ち付ける。右腕を掲げて、地面を打つ。血が飛び散る。噴き出す。幻影は消えてくれない。そうだ。こうやって殺した。こうやって殴って、化け物になった父の身体を打ち砕いた。きっと、竹一にそうしたように。恒子にそうしたように。

　父さんを、殺した。

「殺した！」

　叫ぶ。打つ。皮膚が破れ肉が裂け骨が砕けるまで地面を打つ。痛めつけるそばから再生していく身体を呪《のろ》いながら、葉藏は繰り返しみずからをいたぶった。

「葉藏さん！」

　その腕を、抱えるものがいる。その行いを、咎めるものが。

「葉藏さんは、その罪に自分を閉じ込めてるんです！」

　美子が叫んでいる。腕にすがり、涙を流して叫んでいる。

　触れられた皮膚が心地いい。覚えてはいない。でもきっとあの夜も、こうして彼女が助けてくれたのだろう。幻影に首を絞められた息苦しさから、この身を苛《さいな》む罪の炎から、彼女の手が、葉藏を救い上げてくれたのだ。

髪を振り乱して涙を流す美子は美しかった。はじめて知った。人間は、美しいのだ。

「罪と向き合うのは怖いことです」

葉藏は、ずっとあの時にいた。閉じ込め、閉じ込もり、すべてを忘れ、すべてに蓋をして、みじめな呼吸だけを続けてきた。生の実感がなくて当然だ。世界を受け入れられなくて当然だ。立ち、歩き出すための大地を、葉藏は持っていなかったのだから。

だからこんなにも、おれは無価値だったんだ。

「でも、進むしかないんです！」

葉藏の顔に手を触れて、美子は告げる。美しい双眸《そうぼう》からとめどなく涙をあふれさせ、声を震わせて。美子のてのひらに包まれて、葉藏の顔が表情を取り戻していく。

叫びは誰のためのものだったのか。

「信じるんです、未来を！」

言葉は、誰のためのものだったのか。

血を吐くように、美子は言った。未来を信じることでしか、未来に向かって歩いてはいけなかった。はかない希望だけにすがって、いばらの道を歩み続けた。

それこそが、柊美子の人生だったのではないか。

だとしたら、ああ。

おれと君は、きっと何も変わらない。

君こそが、おれの歩むべき道を照らす光なのだ。

「葉藏さん！」

朝焼けに響いた声に同調するように、血を流さぬ無機質な端末が、ひとつのビジョンを映し出した。葉藏は顔を上げて、それを見た。凝視した。

清らかに、青い。

「これ、は？」

先ほどまで文明曲線を映じていた端末は、いま、別のものを葉藏たちに見せている。

それはひとつの世界だった。正雄に見せられたものとも、葉藏の悪夢とも、今のこの世界とも異なる世界。空は、葉藏の見たことのない色をしていた。

「空が、青い」

「文明再生のビジョンです」

涙をぬぐって、美子が言う。美子がはるかに追い求める未来の姿の名前だった。

「これが、わたしの生きる理由です」

それは美しかった。どうしようもなく美しい色をしていた。

「この青い空が、おれたちの未来？」

立ち上がり、手を伸ばす。こんなきれいなものが自分たちの未来なのだというなら、そこにはたしかに――。

葉藏の指先がホログラムに触れた瞬間、弾《はじ》けた。正雄のビジョンを流し込まれた時と同じだった。重力が失われ、音が失われた。浮遊して回る身体を感じている。葉藏と美子の意識は光の奔流に飲み込まれた。粒子が流れ、過ぎ去っていき、視界と思考を奪い、やがて真っ白な光に包まれた。

身を包む、白い大気。

再生の光。

いま、葉藏と美子の意識は再生のビジョンの中にいた。

「これは」

美子が驚きの声を漏らす。体験したことがなかったのだろう。ふたりは空に浮いている。雲は白く、切れ間から一条の帯となった光が大地に降り注いでいる。髪を揺らして渡る風は涼やかで、それに乗って鳥たちが宙を滑っていく。水路か、川か。空を写し取ってどこまでも青い水はおだやかに流れ、林立するビル群と調和するように木々の緑が映えている。

自然があり、人の営みがある。途切れず、崩れず、それぞれ支え合うようにして。

命が生まれ、育《はぐく》まれ、さんざめく喜びの歌の満ち満ちた世界。おとぎ話のような、清浄で美しい――。

「あなたは、やはり」

感極まったように告げる美子の声は震えていた。その髪が、太陽の光を透かして燃えている。わが身の実感を持てないまま、葉藏は風を抱いた。

ようやく、わかった。

当然のことだ。

こんな世界を夢見ていたのならば、彼女が今日まで走り続けられたことは、まったく当然のことだったのだ。

呻《うめ》くように感動の声を出す。けれど、それが美子の耳に届くことはなかった。

人の世が常にそうであるように、幸福は無慈悲に、そして唐突に破られる。

「思ったより元気そうじゃないか」

響いたのは、聞き覚えのある声だった。ふたりの感覚を包んでいたビジョンが霧散し、世界が現実の輪郭を取り戻す。東京を統《す》べるように立つ、役目を終えた電波塔。そのデッキに、敵はいた。

堀木正雄。

いつものように隙なくスーツを着こなし、銀髪を後ろになでつけて、憎むべき敵が立っている。

柊美子。

大庭葉蔵。

　この世に三人しか確認されていないアプリカントが、ここに揃《そろ》った。

「堀木、正雄」

「柊美子か？」

　初対面だったのか、正雄と美子は火が出るほど激しく視線をぶつけ合った。正雄の手には、一抱えもありそうなケースが携えられている。いなすように正雄は笑い、傍らに控えさせた異形に目をやった。二体のロスト体が、主《あるじ》に仕える従者のように佇んでいた。

　葉蔵をかばって前へ進み出た美子を無視し、正雄は葉蔵に視線を寄越した。

「もう一度誘いに来た。俺は国民の全《すべ》てをロスト化させ、〈S.H.E.L.L.〉を潰《つぶ》す。そして保存遺伝子を使って新しい人類を産み出す。俺と来い、葉蔵。それ以外に人の世は取り戻せない」

　答えたのは葉蔵ではなく美子だった。

「新しい命が生まれる前に、この文明ごとあなたも滅ぶだけです！」

「この娘は老人たちに利用されるだけの不幸なモルモットにすぎん。そいつが信じている未来は妄想だ」

　恐ろしく冷たい目で、正雄は美子を見た。なにごとかを知るものが、なにも知らない子供をいたぶる時の瞳だった。

「考えてもみろ。〈S.H.E.L.L.〉はアプリカントを人間とは認識できない。文明曲線は〈S.H.E.L.L.〉の収集したビッグデータによる未来予知なのだから、そのグラフの示す未来の姿に、我々アプリカントは当然含まれていない。なのにどうして、その文明曲線の示すものが自分の希望だと言いきれる？」

美子は何か言いかけて、言いよどんだ。理屈では正雄の言うことが正しいのだろう。相変わらず話が難しくてすべてを理解できているわけではなかったが、その程度のことは葉藏にもわかった。

それでも。

美子の見せてくれたあのビジョンの美しさを、葉藏は忘れない。それは少なくとも、正雄に見せられた崩壊のビジョンよりも、目まぐるしく変化し続ける今のこの世界よりも、美しいものに思えたから。

だから、答えは考えるまでもなかった。

「おれは彼女を信じるよ、正雄」

となりで息をのむ美子に、視線を投げることさえしなかった。そう告げることに、戸惑いも気負いもなかった。そうすべくしてそうした。

はじめて、生きる理由が見つかった。

「なぜだ葉藏。なぜ理解しない。死を奪われた世界に命はない。死を持たぬ人間など、人間失格だ。俺は、それを取り戻す」

「勝手にすればいいさ」葉藏は、吐き捨てるように言った。「おれは、竹一を利用して殺したあんたを、許さないだけだ」

沈黙が落ちた。美子の指が葉藏の指に絡《から》まり、葉藏はそれに応えた。

葉藏たちはいまだ昇りきらぬ朝日を背負い、正雄はいまだ立ち去らぬ夜を背負っていた。その立ち位置が暗示するものを考える権利は、葉藏には与えられなかった。

従えてきたロスト体をけしかけてくることを予期していた。だから、注意はそちらに向けていた。正雄が背後から取り出した銃への反応が遅れた理由はそれだった。

「葉藏さん!」

叫びは遅い。二発、三発と銃声が響く。銃弾は、あやまたず葉藏の額を貫き、その体を後方へ吹き飛ばした。穿《うが》たれた穴から、炎のように血がほとばしった。

美子が悲鳴を上げる。葉藏が倒れこむ。口を開き、目を開けたまま動かない。このままではロスト化すると判断し、それを食い止めるために手を伸ばし駆け寄った美子の背を、正雄の容赦ない言葉が打ち据えた。

「従わないのであれば、受け取るべきものをもらい受けるだけだ」

不敵な笑みを浮かべて、正雄が手をかざす。そうして、はじまりのアプリカントは、意に添わぬ同胞を葬るために、傍らのふたつの嵐を解き放った。

ロスト体が、美子をめがけて動き出す。

＊＊＊

恐るべき速さで射出されたロスト体の触手を間一髪でかわし、美子は物陰に転がりこんだ。戦闘訓練も受けてはいる。配置しておいたドローンを起動させて呼び出すと、箱の内部からデバイスソードを取り出した。ステルススーツを着用する余裕はない。何とかして、葉藏のもとへ駆けよらなければならない。

デバイスソードとステルススーツは、ヒラメの実行部隊の標準装備だ。ソードの刀身は特殊合金でできており、刃の超振動によって超硬度の外殻を破砕し、ロスト体の内部に分解液を注入することで体内〈GRMP〉の暴走を制御し、破壊する。ステルススーツは〈GRMP〉の活動反応を遮蔽《しやへい》する機能を備えたボディスーツだ。体内〈GRMP〉の活動を検知して攻撃に移るロスト体に、存在を気取られることなく駆除することが可能となる。

美子がデバイスソードを構えるより早く、ロスト体が迫った。ドローンが蹴散《けち》らされる。対峙する。

アプリカントには、それぞれ固有の能力がある。正雄はロスト体を操るというその能力から「ネクロマンス型」と呼ばれる。「ディフェンシン型」の美子はロスト体の発生を感知し、ロスト現象を抑える能力を持つ。葉藏は「キャンサー型」と仮に呼称されている。ロスト体から人間に戻る能力を発現させた。

正雄に操られたロスト体は、執拗《しつよう》に美子を追い詰める。デバイスソードで対抗する美子の視線の端で、葉藏の身体《からだ》が炎をまとうのが見えた。

「葉藏さん！」

周囲の物質を巻き込んで、葉藏は黒い渦を発生させた。巻き添えになったデッキに巨大な穴が開き、業火《ごうか》に包まれた葉藏の身体が落下していく。一瞬だけそちらに目をやった美子は、迫りくるロスト体を誘導してうまく位置関係を入れ替えた。

「撃って！」

指示は、ドローンへのものだ。先ほど蹴散らされたドローンがふたたび立ち上がり、ロスト体の死角からスタンワイヤーを射出する。青ざめた電流が鋼の糸を伝って走り、岩の巨軀《きょく》から自由を奪う。美子は腹のあたりで構えたデバイスソードを、訓練通りに外殻へ突き刺した。渾身《こんしん》の力でトリガーを引く。モーターが唸《うな》り、振動する刃の先から、分解液が注入される。注入された液体はまたたく間にロスト体の体内を駆け巡り、自由を奪った。苦悶の声でも上がれば、まだ人間らしかったかもしれない。しかし無言のまま、数秒のうちにロスト体は倒れ、完全に沈黙した。

実戦経験が多いわけではない。もう一体がその華奢《きゃしゃ》な体をとらえる機会をうかがっていたことに、美子は気づけなかった。

「あっ」

幾重にも身体に巻き付いた触手は、その気になれば鋼鉄の柱をへし曲げる力を持つ。次々と迫りくる触手に四肢をとらわれ、宙づりにされた美子に抗するすべはなかった。

「よく訓練されているな、柊美子」

倒されたロスト体を足蹴にしながら、正雄が楽しそうに笑う。掲げられた拳《こぶし》が強く握られると、美子を縛《いまし》める触手の圧が強くなった。胸のあたりが締め付けられ、あばらの折れる音がする。肉に食い込んだ触手はその感触を楽しむように、白い肌に無残なほどの痕《あと》を付ける。折れた骨が臓器に刺さったか、美子の口から鮮やかな血が吐き出された。苦悶の声さえ漏らせない。消えかかる美子の意識は、その瀬戸際で、妙な音を聞いた。

遥《はる》か地上から迫る、怪音。

破壊は唐突に訪れた。足元の鉄骨を打ち破り、ロスト体となった葉藏が姿を現した。鉄骨のいくつかを足場にし、この天空のデッキへと舞い戻ってきたのだ。美子を拘束していた触手を引き裂き、正雄の眼前に立つ。

空中で自由になった美子は、地面にたたきつけられた。痛みをこらえて顔を上げたときには、葉藏はすでに次の行動に移っていた。触手を引きちぎられたロスト体を両手で摑み、地を蹴ってさらに空へと舞い上がった。金属をこすり合わせたようなうなりを上げて、葉蔵の両腕が膨らんでいく。

その光景を美子が見るのは、二度目だった。

ぎちぎちと耳障りな音を立て、ロスト体は真っ二つに引きちぎられた。人間だったころの名残である血液をまき散らし、重力に従って落下する。

降ってくる血の滴《しずく》を意に介さず、眼鏡のレンズを汚しながら、正雄が笑った。美子の背筋が総毛立った。

「だめ！」

ふたたび着地した葉蔵は、はっきりと正雄を認識していた。正雄にはもう手立てがないはずだった。従えたロスト体を失い、拳銃程度の暴力では今の葉蔵は止められない。先ほどのロスト体と同じように体を引き裂かれ絶命するしかない。決まりきった運命を、しかし正雄は、たった一言で覆《くつがえ》してみせた。

「葉蔵。お前の心臓を寄越せ」

正雄を引き裂くために伸ばされた腕が、凍《こお》り付いたように止まった。正雄の目が、赤く輝いている。少しずつ動きを取り戻していく葉蔵は、もう正雄に手を伸ばそうとはしなかった。

正雄はゆっくりと眼鏡をはずし、血の穢《けが》れをふき取った。

「そうだ、葉蔵。心臓を俺に差し出せ」

葉藏はひざまずき、その腕でみずからの胸を引き裂いた。あばらが観音開きになる。血しぶきが舞う。ぐちゃぐちゃと、指先が肉をかき分けていく。正雄はいまだ立ち上がれずにいる美子を一瞥《いちべつ》した。

「忘れたか。ロスト体を操るのが、俺の能力だ。こいつとて例外ではない」

葉藏の腕の動きは止まらない。暴《あば》かれた胸から、力強く波打ち、血を吹き出し続ける臓器の一部が見えた。

「やめて！」

見開かれた美子の目に、葉藏の胸から抉《えぐ》り出された心臓が映った。それははかないほどに脈打っていた。正雄は足元からケースを拾い上げ、葉藏に向けて蓋を開いた。ロスト体は心臓を失っても活動が続けられるのか、操られるままに、葉藏はまだ蠢《うごめ》くおのれの心臓を、そこに収めた。

「俺が必要としていたのは、これだ」

会心の笑みを浮かべて、正雄がケースの蓋を閉じる。

「いいぞ葉藏。次はあの女を引き裂け。竹一のように」

立ち尽くす美子に、葉藏が迫った。巨体は熱を発し、外殻の周囲の景色をゆがめている。触れればそれだけで焼き尽くされそうな、圧倒的なエネルギーだった。

「あ、あ」

恐怖か、絶望か。美子の喉から、声にならなかった音が漏れる。ロスト体の葉藏に、人間だったころの面影はない。正雄の指示にしたがって葉藏が丸太のような腕を振り上げたとき、青白い光が走った。

ドローンが射出したスタンワイヤーが葉藏の全身に突き刺さっている。最大出力で流し込まれる電流に、しかし操られた葉藏は何の痛痒《つうよう》も感じていないようだった。ワイヤーを束ねて摑み、腕を振り切る。ドローンは残像を残して宙に投げ飛ばされ、鉄塔に激突して鉄塊と化した。

邪魔者を排除した葉藏が、ゆっくりと振り返る。後ずさる美子を追って、一歩二歩と距離を詰める。しかし、腕は伸びてこない。心を持たないロスト体になり果てたはずの葉藏が、苦悶の表情を浮かべていた。

葉藏は震える腕で頭を抱え込んだ。正雄の命令を拒絶するように。

「ほう、そんな姿になっても抵抗するか。無理をするな葉藏。お前は俺のオルフェウスだ。その女を殺せ」

葉藏は頭を抱えたまま動かない。後退をやめ、踏みとどまった美子が、負けじと声を張り上げる。

「葉藏さん！　その人の声を聞かないで！」

葉藏は戦っている。ロスト体は意思を持たないが、ロスト体から人間に戻ることができる葉蔵は別だ。葉蔵の意思や意識はこの瞬間も、完全に消滅したわけではないはずだ。ならば、声は届くかもしれない。

「邪魔をするなモルモットが！　葉蔵、やれ！」

「葉蔵さん！」

「葉蔵！」

葉蔵をめぐるふたりの声が響き合い、空へ抜けたとき、唐突に第三者の声が割りこんだ。物陰から、男が飛び出していた。

「堀木ぃ！」

重装備に身を包み、デバイスソードを振りかぶって正雄に迫る男の正体を、美子は知っていた。

「厚木《あつぎ》隊長！」

ここに来るまでの車の中で、ヒラメの実行部隊の隊長を務めるこの男に、美子はひそかに連絡を入れていたのだった。正雄に気取られぬように単独で待ち伏せしていたのだろう。

「くっ」

その乱入が予想外だったのか、正雄が顔を歪めて舌打ちをした。銃を構え、連射する。

プロテクターに着弾した痛みに耐えた厚木は、ヘルメットの下に獣の形相を浮かべて正雄に迫った。

戦闘能力では美子とは比べ物にならない。次の動きを予測しながらデバイスソードを振るう厚木の剣技は、正雄の身体能力をはるかに凌駕《りょうが》する。葉藏の心臓を収めたケースを持つ正雄の左腕が切り裂かれ、ケースが転がった。その行方を目で追ったのが、正雄のあやまちだった。

厚木はソードを縦横に振るった。正雄の髪を切り裂き、眼鏡を弾き飛ばし、足を払う。手にした銃を発砲する間もなく、正雄は地にひれ伏した。間髪入れずに立ち上がろうとしたところに、低くモーター音を響かせるデバイスソードの先端が突き付けられた。

「逃げられんぞ」

ヘルメットの庇《ひさし》を上げて、厚木が告げる。決着を確信していた。しかし厚木の想像を覆して、正雄は口元に獰猛《どうもう》な笑みを浮かべた。

「老けたな、厚木」と正雄は言った。「いいのか。お前の大切なお姫様が引き裂かれるぞ」

数メートル先ではふたたび正雄の支配下に置かれた葉藏が、美子を追って手を伸ばしていた。とどめを刺す前にそちらに目をやったのが、厚木のあやまちだった。

「美子！　――ぐっ」

正雄の銃から発射された弾丸が、プロテクターの隙間を縫って、厚木の膝《ひざ》を撃ち抜いていた。バランスを崩した厚木は地に横たわり、体の位置を入れ替えた正雄が立ち上がった。

厚木の顔を、正雄が容赦なく踏みにじる。

「飼い主に伝えろ。時がきた、とな」

ケースを手に、この場から離脱するために歩き出した。背後にいる葉藏にも美子にも、もはや見向きもしない。葉藏の心臓を手に入れた時点で、正雄の本懐は遂げられていた。

厚木はその背を目で追うこともせず、美子を助けるために立ち上がった。

「美子！」

ロスト体の死骸《しがい》に足を取られ、美子が横転する。そのうえに、葉藏の巨軀がのしかかる。精神が抗い続けているのか動きは妙に緩慢だった。だからと言って、抵抗も逃亡も、美子には許されなかった。馬乗りになって美子を組み敷いた葉藏の腕が動き、美子の顔面を押さえた。他方の手が、華奢な肩を握る。

美子は、おのれの皮膚の焦げる臭いを嗅いだ。葉藏は獣のようにうなりながら、徐々に両腕に力を込めはじめる。みしり、と筋肉がきしむ。服が裂け、皮膚が裂け、血がにじむ。あと数秒で、この身は無残な肉塊になり果てるだろう。顔をつかまれて視界を奪われながらも、あきらめずに手を伸ばす。

その手が葉藏の頬に触れるより先に、噴き出した血が、美子を濡《ぬ》らした。痛みはなかった。当然だ。美子の血ではなかったのだから。

顔をつかむ葉藏の手から力が抜け、解放された視界で眼前の光景を確認した美子は、息を呑んだ。

「美子、無事か」

葉藏の背後から、厚木がデバイスソードを突き刺していた。そのまま、分解液を注入しようとする。

「だめ！」

そして、ようやく葉藏に触れる。美子の指先から光が広がった。いつかと同じように、頑強な肉体がぼろぼろと剝《は》がれ落ちていく。取り込んでいたすべての物質を手放し、葉藏が人間の姿に戻っていく様子を、美子は呆然《ぼうぜん》と見ていた。

黒い塵《ちり》となって風に溶けた岩の鎧《よろい》の中から、見覚えのある葉藏の姿が現れた。力なく、美子の上に倒れこむ。その首に手を回して、美子は熱く吐息した。こうして美子の体に覆いかぶさってきた人を、抱きしめたことがむかしもあった。その、父というひとは、あの夜を境に永久に失われてしまった。

もう、大切なひとを失いたくはなかった。ようやく前を向いて生きる覚悟をしてくれたように見えていた。助かった安堵と、葉藏を思って痛む心が、全身を激しく震わせた。目覚めた時に、なんと声をかければいいだろう。少なくとも葉藏が意識を取り戻す瞬間には、隣にいたいと思った。傍にいてあげたいと思った。だって、そうでもしてやらなければ、あまりにも葉藏がかわいそうだった。

取り戻せない何かを悼《いた》むように、美子は泣いた。泣き続けた。

闇を押し流した暁の輝きが、新たな一日のはじまりを告げていた。

第三の手記

第三の手記

〈S.H.E.L.L.〉が張り巡らせた換気ダクト内の地下通路、巨大縦溝の底。メンテナンスの際にも滅多に使われぬ一画に、正雄《まさお》はいた。

もうずいぶん長く、ここをアジトにしていた。アンチGRMP薬の製造も、ここをはじめとするあちこちのプラントで行っていた。ここで計画を練り、ここから〈S.H.E.L.L.〉を破壊しようと決めた。あの忌々《いまいま》しいシステムを完全に葬《ほうむ》り去るには、まだもう少しの準備と作戦が必要だ。

だが、今日、その成就《じょうじゅ》に限りなく近づいた。新たなアンチGRMP薬が完成したのだ。

「とうとう完成したよ。志津子《しづこ》」

地下通路には正雄の持ち込んだあらゆるものが置いてある。もっとも大きなものは、かつて病院と呼ばれた施設で使われていたベッドだった。青いケシの花に囲まれたロスト体が眠っている。

正雄は、そのロスト体に、志津子、と呼びかけた。細められた目は無限の優しさをたたえていた。

これまで正雄が製造していたアンチGRMP薬は、ケシの成分と正雄の血によって

〈GRMP〉の機能を鈍化させ、自発的死をきっかけにネットワークからロストさせるものだった。しかし、葉藏《ようぞう》の心臓を材料として新たに作った薬は違う。

葉藏は、ロスト化した後にも人間に戻る能力を持っているゆえに、何度でもロストすることができる。それは、自在にロストする能力と同じことだ。その葉藏の心臓を材料にすることで、死を与えずとも強制的にネットワークからロストさせることのできるアンチGRMP薬が完成した。多くの人間をたやすくロストさせることが可能になった。

「俺の何十年の試行錯誤が、葉藏のおかげであっという間だ。いや、人生そんなものかもな。正直、嫉妬《しっと》したよ」

横たわったロスト体は答えない。口もなく、耳もない。意思もない。そんなことは、誰よりも正雄が知っていた。

それでも、正雄は語りかけるのをやめない。厚木《あつぎ》に斬《き》りつけられた左腕を差し出し、笑う。

「見てくれ、傷が再生しない」

皮膚に走った傷を見つめながら、不意に正雄はせき込んだ。口元をかばった右のてのひらに、血がつく。肺の機能が衰えている。

「アプリカントにも限界寿命はあるらしい。だから、こんな無様な方法しか残らなかった」

正雄は注射器を手に取った。ロスト体を死に至らしめる分解液が入っている。

「地獄に落ちる覚悟なら――いや、これ以上の地獄はないか」

正雄の左手が動き、分解液がロスト体へ注入されていった。ロスト体は痙攣《けいれん》し、甲高い悲鳴を一度、細く上げた。それだけだった。それから、二度と動かなくなった。

「ゆっくり眠れ、志津子」

声はぬれていた。愛するものを失った悲しみに耐えるために、正雄はかたく目を閉じた。

背後の保存液の中で、主から引きはがされてなお命を失わない、葉藏の心臓が脈打っていた。

＊＊＊

合格式。

平均限界寿命である百二十歳を突破している国民を一堂に集め、国を挙げて彼らの長寿を祝うことを目的として、この空前の式典は開催されることになった。今年が第一回になる。

会場には、かつて開かれたオリンピックを記念して作られた競技場を用いる。合格式の出席者は、大還暦を迎えたお祝いとして一億円の年金を受け取ったうえで、正式に

〈健康基準合格者〉の資格を得る。体内〈GRMP〉の基準として、合格者は国民すべての健康と幸福の礎《いしずえ》となるのだ。

可能な限り長生きをして、人間として合格した証《あかし》を得る。それこそが国民における最大の栄誉であると定める。〈S.H.E.L.L.〉体制による価値観をさらに強固なものとするべく、健康基準合格者たちによって発案されたものだと、美子《よしこ》は聞いていた。

この一年間、〈S.H.E.L.L.〉の広報官として、何度もアナウンスを行ってきた。この式典によって、社会ははっきりとした目標を持つことになる。それは健康と幸福を増進させることにつながる。ひいては社会とそこに生きる人々の精神を安定させることになる。結果、頻発するロスト現象への効果的な対策にもなりうる。

みずからが訴えてきたその理屈を、美子は今も疑ってはいない。同時に、このことによって〈S.H.E.L.L.〉体制の心臓部である健康基準合格者たちの社会におけるステータスとプレゼンスが、動かしがたく強固なものになっていくことも。

美子には、翌日に控えた合格式に心が躍らない理由がふたつある。

葉藏の意識がまだ戻らないことと、堀木《ほりき》の行方が杳として知れぬことだ。

あの日、堀木に心臓を奪われた葉藏の身体はヒラメによって保護され、研究室のプールの中で保存されることになった。アプリカントの再生能力はすさまじく、間もなく心臓は再生したが、意識は戻らない。美子が能力を用いてどんなに感覚を鋭くしても、葉藏の心の在《あ》り処《か》は見えなかった。

あれからもう、三か月になる。

美子は厚木とともに、ヒラメ本部内にある特殊哨《しょうかい》戒機離発着場から街区を見下ろしていた。生ぬるく吹く風が肌を舐めて過ぎ去っていく。季節が変わっていた。

そうせよと〈S.H.E.L.L.〉が奨励したせいだが、街はどこもかしこも合格式の開催を祝うサイネージであふれている。原色のありようを恥じることなく、文明はこの達成を誇らしげに喧伝《けんでん》する。

「いよいよ合格式か」

低く、くぐもった声で厚木が言う。ヒラメの実行部隊を統括する立場にありながら、厚木は合格式には思うところがあるらしい。〈S.H.E.L.L.〉の掲げる理念を信奉しながらも、みずからの立場を盾に組織を私物化する〈合格者〉の老人たちを、厚木は必ずしも崇拝していない。

それでも、厚木には立場がある。守らねばならない国民の生活がある。清濁をあわせ飲んで、決心したように寄せていた眉をひらいた。

「めでたいことではあるのだろうな」

「葉藏さんの意識はまだ戻りません」

答えになっていないことを、美子は言った。厚木が美子に顔を向ける。還暦は過ぎているその顔には、まだ精気が漲《みなぎ》っていた。服の上からでもはっきりとわかる鋼《はがね》の筋肉をまとった屈強な肉体が、そのうちに秘めているやさしさを、美子はおそらくこの世でもっとも深く理解していた。

ヒラメに引き取られてから今日にいたるまで、厚木にこうむった恩は数え切れない。

「大庭《おおば》の意識が戻らないのはお前のせいではないぞ、美子。それどころかあの日、お前が大庭に再生曲線を見せたことで、ビジョンが進歩したのだろう？」

「はい、すべてが青空に包まれて――」

電波塔のデッキで葉藏が見せてくれた光景が、美子の胸に広がった。青い空の下、営みを喜び合う人々の世界。

この三か月、あのビジョンだけを支えに美子は生きてきた。いや、あの光景を見るために、この命はあったのだとすら思った。

「あの一瞬、第三曲線が再生曲線と融合した。おかげであの澁田《しぶた》所長ですら合格者たちに直談判《じかだんぱん》する気になった。大庭葉藏を合格者の列に加えよ、とな」

再生曲線と崩壊曲線の動揺は続いている。葉藏がアプリカントとして覚醒《かくせい》した夜に発生した第三の曲線がどちらに帰するかに、人類の未来は大きく左右されるだろうというのが、ヒラメの所長である澁田の推測だった。

美子は、葉藏こそが文明再生の鍵《かぎ》を握る存在であることを疑っていない。

「問題は、堀木だ」

歯を食いしばる音が聞こえてきそうだった。みずからの任務に誇りを持つ厚木のような男にとって、文明の崩壊を早めようとする堀木は憎んでも憎み切れない存在なのだろう。厚木だけではない。個人によって差はあるにせよ、〈S.H.E.L.L.〉体制が国民の幸福に寄与していると信じるすべての職員にとって、堀木は許しがたい敵だった。

「この三か月、奴《やつ》に関する情報は何も出てこなかった。しかし、だからこそ――」

「はい。おそらく直接〈S.H.E.L.L.〉を破壊するための準備を整えていたのでしょう。堀木はやってくると思います。明日、合格式の式典に合わせて」

それが〈S.H.E.L.L.〉と〈ヒラメ〉の予想だった。

「厳戒態勢とはいえ、奴が相手である限り安心はできん。しかし、刺し違えてでも奴は俺が仕留めて見せる。大庭の方は――」

厚木の視線を受けても、美子はいささかも動揺しなかった。

葉藏はロスト体になった後、人間の姿に戻ることができる。実際、今回も葉藏は人間の姿を取り戻した。しかし、心だけがない。

ならば、それを取り戻すことができるのは美子しかいない。

アプリカントとして、ロスト現象に干渉し、食い止めるすべを持つ美子だけが、大庭葉蔵の心を見つけることができるのだ。

「大庭さんは、わたしがかならず目覚めさせます。次はアプローチの深度をさらに上げ、深層領域に接触します」

「安全ではないぞ」

美子は答えなかった。答えが必要な言葉ではなかった。厚木はうなずき、窓の外に視線を投げた。

「澁田所長から許可は得ている。ラボに戻ろう。時間がない」

厚木に促されるままに、離発着場を後にした。先ほどまで一緒にいた澁田は、いまは合格者の老人たちに呼び出されている。

嫌な話でなければいいが、と美子は心中で願った。こうした願いがたいてい叶《かな》えられないことを、十分に承知していながら。

＊＊＊

澁田機関――ヒラメの長である澁田は、その実、なにひとつ自分の判断でものごとを決められぬ立場にいる。

澁田機関は〈S.H.E.L.L.〉の下部に属し、ロスト現象の研究と処置を担当する。現在の〈S.H.E.L.L.〉体制を脅《おびや》かす最大の原因がロスト現象にある以上、〈S.H.E.L.L.〉

を牛耳る合格者の老人たちの関心の多くはそちらに向かう。澁田はなにをするにも老人たちの裁可を仰がねばならず、その決定に異を唱えることを許されていない。

合格式を翌日に控えた今日の呼び出しの目的が、ヒラメにとってもおのれにとっても喜ばしいものではないことくらい、澁田には分かっていた。

命を受け所長室で待機していた澁田は、老人たちからの呼び出しを知らせるアラームを聞くや否《いな》や、地面にひれ伏した。恰幅《かっぷく》のいい体を窮屈に折り曲げると、数秒をおかず、部屋中がホログラムに包まれはじめた。澁田のオフィスが、軽やかに皮膚を塗り替える。

向こう正面が霞《かす》むほど広い和の空間だった。天井には豪奢《ごうしゃ》な日本画が施され、下手の縁側からは鯉《こい》たちが思うさま泳ぐ庭園の池が見える。すべてがホログラムで描かれた幻想だ。身の安全のため、そして無駄な体力を使って健康を損ねぬため、合格者たちが実際に人と接触することはほとんどない。この偽りの楽園に意識を閉じ込め、身体は〈S.H.E.L.L.〉の最上階にあるシェルターに横たえ、限りなく命を引き延ばしている。

無数の御簾《みす》座《ざ》が上手に並んでいる。かつては三百以上を数えたそれは、今や一割程度に減ってしまった。そのひとつひとつに、合格者たちはいる。

「すまんね。わざわざ呼び立てて」

土下座する澁田の頭上から、声は降ってきた。身体が硬直する。長い時間をかけて刷り込まれた反射だった。

「とんでもございません。合格者の皆様が健康指標となり、国民の長寿を約束してくださっているのですから。いかなるときも皆様のお役に立つことこそ、国民の健康を守る〈S.H.E.L.L.〉機関員の務めでございます」

このようにして、これまでもずっと、澁田は老人たちの指示を、天の声として受けてきた。〈S.H.E.L.L.〉体制は、健康基準となるこの老人たちを礎に築かれている。まぎれもなく、この国でもっとも敬われ、丁重に扱われねばならない者たちだった。

第三のアプリカントとして葉藏が発見されたときも。

その葉藏に堀木が接触し心臓を奪われたときも。

社会を動揺させかねない異変があったとき、澁田は必ずここに呼び出され、所見を述べさせられた。それが老人たちの意に沿わぬものであった場合は例外なく叱責《しっせき》され、方針の転換を迫られた。

厚木のような一本気の男には、老人たちの保身が耐えきれないこともあったのだろう。上長である澁田に真っ向からかみついてくることもあった。上と下からの圧力のはざまで、それでも澁田はできる限りバランスを取ってきたつもりだった。

「大庭葉藏が目覚めぬそうですな」

隠すつもりもないのだろう。老人の声は、はっきりと不満の色を帯びていた。

「澁田機関総力をあげて覚醒を試みておる次第です」

「君はそう言い続けるばかりだな」

わざとらしい溜息《ためいき》が聞こえてくる。顔中を汗だくにしながら、澁田は考えていた。叱責は覚悟の上だった。葉藏の眠りが三か月にも及ぶなど誰にも予想できなかった。しかし、ただの叱責のために呼びつけたとは思われぬ。

目的は、なんだ？

「もとよりあの男を合格者とするのは難しかったのではないか？」

「しかし、文明曲線の再生隆起は、間違いなく大庭によるものなのです！」

三か月前、大庭葉藏が再生曲線に触れたとき、文明再生のビジョンが進歩したと美子は言った。ヒラメでは再生曲線が第三曲線と融合したことも観測された。その結果をもって、澁田は老人たちに申し入れたのだ。

大庭葉藏を、合格者の列に加えるべきだと。

ロスト体になったのちにも人間の姿に戻ることができる大庭は、言ってみればロスト現象を完全に克服した人間だ。そのバイタルデータを健康基準に加えることで、国民すべてがロスト現象を克服できる可能性がある。それができれば文明再生の未来に大きく近づくことになる。

そのような意味のことを、極限まで言葉を選び抜いて述べた澁田の進言は、至極妥当なこととして、合格者たちにも受け入れられたはずだった。

その結論をいま、覆すという。

「合格式は明日なのです。国民の健康と安全のために、次善の策が必要です」

「次善の策？　しかし、いまも柊美子を中心とし、大庭の自我にリンクする措置を進めております。大庭葉藏の覚醒を待ち、合格者に加えることこそがいま我々のなすべきことだと考えております」

「それはいつになるのかね。明日か、明後日《あさって》か」

分かるはずがない。もとより、成功するか否かすら定かではないのだ。澁田は黙って頭を下げ続けた。

嫌な予感が膨らんでいく。

「第三のアプリカント誕生以来、我々が日に日に数を減らしていることを、君も知っているはずではないのかね」

「しかし、大庭葉藏の心臓は再生しておりますし、体に異変はありません。必ず意識を取り戻してご覧にいれますので、今しばらく、調査のためのご猶予《ゆうよ》を賜りたく――」

「澁田君！」

「はっ」

雷に打たれたように、澁田は硬直した。

「認識が甘いのではないかな。我々をなんだと思っていますか」

老人は、ことさら間を取った。みずからこそがこの世界を統べるに足る権利の持ち主であることを、澁田に思い出させようとする沈黙だった。

「我々は、国民の幸福と健康を引き受ける、〈健康基準合格者〉なんですよ」

この社会において、その言葉の前では、あらゆる信念と理性が意味を失う。

彼らに依存することでこの国は保たれている。彼らはみずからの寿命を延ばし続けることこそが、社会の幸福につながるのだと心の底から信じている。それは正しい、絶対的に正しいことだ。そこにいかがわしい臭気をかぎ取ろうとするおのれがあやまっているのだ。

「委細、承知いたしております」

次善の策とやらの内容を、あえて問い返すことはしなかった。これまでにも何度か示唆されていたことだ。

葉藏の価値は、ロスト体から人間に戻る能力だけにあるのではない。アプリカントは、不老にして人間よりも長寿なのだ。

「我々に残された時間は、わずかしかない。頼みましたよ」

ホログラムが光を失っていく。いつも通りの自室の床に這《は》いつくばったまま取り残された澁田が、心を決めて次の行動を起こすまでに、なお数分の時間が必要だった。

＊＊＊

美子の意識は、赤黒い世界に包まれていた。崩壊のビジョン、あるいは葉藏の夢は、こんな光景なのだろうか。

ひどく、息苦しい。

「具体的なイメージが現れました」

外で状況をモニタしているであろう厚木に伝えるために、声を出した。美子の身体はいま、この意識とはかけ離れたところ、ヒラメの研究室の椅子《いす》に腰かけて、種々の計器に包まれている。厚木の返答がどこからか響いてきた。

「大庭のバイタルも、文明曲線も安定している。先に進めるか？」

「もちろん」

「その先は深層領域だ。お前の個を保てないと判断した場合、サルベージする」

「はい」

これまで美子から葉藏への呼びかけは、美子が葉藏の意識に飲み込まれないよう、あくまでも浅いところで行われていた。今回は違う。美子の持つ能力を限界まで解放し、可能な限り深く葉藏の意識へもぐりこむ。

個の境界線があいまいになり、自我を保てなくなれば、美子の意識は葉藏の心の中から永遠に帰還できなくなる。危険は百も承知で、しかし美子にはわずかな恐怖もなかった。深く、潜っていくイメージ。どこまでも終わりがないかと思われるダイブ。それが成功したことを、美子はみずからの靴底が大地を踏みしめた感触で知った。

降り立ったところは、赤く染まった鉄塔のデッキだった。葉藏と共に未来のビジョンを見た場所。堀木と遭遇した場所。葉藏の心臓を奪われた場所。あの電波塔だった。

そびえたつ鉄塔は、いずこにも影を投げない。光源の失われた濃密な世界は、美子という闖入者《ちんにゅうしゃ》を攻撃することも、押しつぶすこともなかった。

「やはり葉藏さんの心は、あの日にとらわれたままなんですね」

つぶやくと同時に、デッキの中央に、異様なものが出現しているのを発見した。

人の体の二倍ほどもある、巨大な心臓。

まがまがしく拍動している。この世界で動いているもの、生きているものは、他になかった。葉藏の意識が目の前の心臓に閉じこもっていることを、美子は確信した。

赤く発光するそれに近づき、手を添える。飲み込まれる危険性もあった。拒絶される可能性もあった。しかし、心臓は律動をやめず、美子の手を柔らかく包んだ。

「受け入れてくれています！」

葉藏は、すべてを拒絶しているわけではなかった。そのことが美子には何よりもうれしかった。

もしかしたら、葉藏には閉じこもっている自覚さえないのかもしれない。帰り道が分からず、迷子のように、心をさまよわせているだけなのかもしれない。ならば自分は道しるべになれる。

ふたたび葉藏と言葉を交わす未来を思い描いて、さらに深く踏み入ろうとした。その美子の決意と行動を、予期せぬ声が遮った。

『美子、私だ』

澁田の声だった。

「所長？　どうして」

『先ほど、老人方との会話を終え、こちらに戻ってきた。美子、戻ってきなさい。実験は中止する』

にわかには信じられなかった。

葉藏の意識を取り戻し、健康基準合格者に加える。そうすることでロスト現象を克服する。非の打ち所のないこの計画のためには、美子のダイブが不可欠なのだ。

「なぜですか！　葉藏さんは、わたしを拒否していません。もう少しです！」

返答まではわずかな間があった。澁田の苦渋が伝わってくるような沈黙だった。

『大庭葉藏を、トランスプラントの献体とすることが決まった』

「え？」

『大庭を脳死と判定し、臓器移植によって合格者との融合をはかる。大庭本人の覚醒が望ましかったが、タイムリミットが来てしまった。大庭の第三のアプリカントとしての能力が保存されるとは考えにくいが、老人たちは、アプリカント自体の細胞レベルにおける優位性を、健康基準に上書きすることを望んでいる。実験が成功すれば、老人たちの寿命は飛躍的に延びることになるだろう』

「そんな」

脳死判定も何もかも、欺瞞《ぎまん》であることは明らかだった。

老人たちの決定は、まだこうして生きている葉藏を殺し、切り刻み、彼らの身体の一部にすることを意味していた。ロスト現象を克服する切り札である葉藏を救い出すことをあきらめ、ただ老人たちの命を長らえさせるための養分とすることを。

そんな終わりを受け入れるために、美子はこの三か月を、この人生を生きてきたわけではなかった。

「拒否します！」

バイタルが乱れはじめたのがわかる。動揺を抑え込めない。葉藏の心の中で平静を失えば、美子の意識がこの場に飲み込まれかねない。わかっていても、息は乱れた。

『そんな権利はないんだ。君にも、私にも、大庭葉藏にも』

心臓が激しく鼓動する。美子の心臓に、巨大な葉藏の心臓が共振する。

「それでも、それでもわたしは拒否します！」

叫びを最後に、美子は倒れた。意識は、そこで途切れた。

厚木によるサルベージが間に合わなかったら、美子の意識はどうなっていたかわからない。とにかく間に合ってよかった。起き抜けにまず聞いたのはそのことだった。

「わたしは、どれくらいの間？」

葉蔵の内部へのダイブをはじめたときと同じように、美子は研究室の椅子に座っていた。

「気を失っていたのは、ほんの数十分だ」

「大庭さんは？」

「何も変わりはない。今のところはな」ため息は怒りと落胆を半々に含んでいた。厚木は拳《こぶし》を握りしめて、研究室の出口を見つめている。「大庭をトランスプラントの献体として差し出すのは明日、合格式の式典が始まる前と決まった」

夢か、嘘《うそ》か、勘違いであってほしいという願いは、その言葉で絶たれた。

美子は深く息を吸って、吐いた。結論が変わらないのであれば、変わらなければならないのは自分の方だ。悩むという贅沢《ぜいたく》に費やせる時間はない。美子は自分のなすべきことを心得ていた。

「所長は？」

「お前のバイタルが安定したことを確認して、すぐに所長室へ戻った。老人どものご機嫌でも取りに行ったのかもしれん」

その形相を見るに、美子が気を失っている間に、すでに澁田と厚木は一度やり合ったのだろう。

これ以上、厚木に負担をかけるわけにはいかない。

「わたし、すこし所長と話をしてきます」

「美子」

「ふたりだけで話したいんです、すみません」

椅子から降りる。てのひらを開閉し、体に異常がないことを確認して、美子は研究室から出た。

所長室までは、ゆっくり歩いた。気は急《せ》いているが、落ち着かなければことを仕損じる。これから行う交渉だけは、失敗が許されない。

部屋にたどり着き、ドア横に設置されたコンソールで内部を呼び出す。

「柊美子です、お話をさせていただけませんか」

美子の姿をカメラで認めたのであろう澁田は、息を呑《の》んだようだった。

「入りなさい」

ロックが解除され、扉が開かれる。澁田は、デスク前の椅子に腰かけていた。

顔色が悪い。

「意識が戻ったんだな。無事でよかった」

「たいへんな時にご心配をおかけして、申し訳ありません。お願いごとがあってまいりました」

「お願いごと？」

うなずく美子から怯《ひる》むように目をそらし、澁田は眼鏡をぬぐった。

「大庭葉藏を献体とするのは、すでに決まったことだ。再生曲線と第三曲線の融合は私にとっても福音だったが、いま、健康基準のご老体たちを失うわけにはいかない。わかってくれ、背に腹は代えられないのだ」

眼鏡をかけなおした視線の先には文明曲線がある。グラフは今も不安定なままだ。

「所長のおっしゃることはわかります。その正しさも。だから」一度だけ、息を吸った。

「大庭さんの代わりに、わたしをトランスプラントの献体としていただけませんか」

それが、残された美子にできる唯一のこと。

すなわち、なすべきことだった。

「なに？」

「アプリカントの臓器を移植すれば、合格者の方々は延命されます。なら、その対象は葉藏さんではなく、わたしでもいいはずです」

「ばかな、どうして美子が」

「葉藏さんが、文明再生の希望だからです」

証明済みの定理を述べるように美子は告げ、澁田は文字通り絶句した。

おそれがないわけではない。トランスプラントの献体となる以上、死は免れ得ない。それも、ただの死ではない。おのれの因子が分解され、無数の人間の一部となって生き続けることになる。

それでも、美子には意思があった。葉藏を救い、未来を葉藏に託したいという意思。意思は、すべての決断を輝かせる。良きにつけ、悪しきにつけ。

「いかん、老人たちの希望は第三のアプリカントだ。お前ではない。一時の感情で身代わりを買って出るなど、許されることではないぞ」

「所長は、わたしが一時の感情でこんなことを申し上げているとお考えですか」

澁田の狼狽《ろうばい》が、心からのものであることを、美子は理解している。ヒラメに引き取られてからずっと、自分の存在を支え続けてくれたのは、澁田と厚木の優しさだった。アプリカントの謎《なぞ》を解明するために〈S.H.E.L.L.〉によって課された非人道的な実験をこなすたび、澁田は泣いてくれた。

老人たちに抗《あらが》おうとしない澁田に、厚木はいら立ちを隠さなかった。アプリカントの研究は、〈S.H.E.L.L.〉とヒラメの悲願の達成には欠くべからざる要素だった。口には出し難い実験も数多かった。美子は耐えた。耐え続けた。それが文明再生の端緒になるのであれば、と。

厚木は素直に怒ることで、澁田は老獪《ろうかい》に立ち回ることで、美子の負担を軽くしようとし続けてくれていた。

「所長。これは皆さんにとって、国民すべてにとって、価値のある交換であるはずです。わたしをトランスプラントの献体とすることで合格者の皆さんの寿命を延ばし、その間に大庭さんを合格者に加えてロスト現象克服への道を歩き出す。それこそがこの国のあるべき未来であるならば、いま、献体となるべきはわたしの方です」

理屈は完璧《かんぺき》だった。論理にはいささかの綻《ほころ》びもない。感情以外のなにものも、美子の決断を否定できなかった。

だから、澁田の沈黙は優しさだった。そして、彼の優しさがいつだって使命感に敗北することを、美子は知っていた。アプリカントになったあの日から今日まで、澁田とは長い付き合いだったのだから。

それも、今日で終わる。

「つまり、それがお前の条件ということだな、美子」

「条件？」

「自分がトランスプラントの献体となる代わりに、大庭葉藏の安全を保証し、合格者に加えること。その条件で交渉をする。いいな」

気圧《けお》されつつ、うなずいた。澁田の意地だったのだろう。願いでるのではなく、交渉をするといった。命をあきらめる代わりに、せめて美子の願いだけは完全な形でかなえようとする、それはいつだって板挟みの苦しみの中で生きてきた男の、せめてもの意地に違いなかった。

澁田がデスク上の端末を操作する。小声で何事かを話している。聞き耳を立てる必要はないだろう。澁田は必ずこの交渉をまとめるはずだ。

やがて、端末が沈黙し、澁田が美子の顔を見た。瞳はわずかに潤《うる》んでいた。

「すべて、お前の希望通りになった。トランスプラントは明日、〈S.H.E.L.L.〉本部で行われる」

「ありがとうございます」

深く頭を下げた美子に向かって、澁田は首を振った。言葉はなかった。

「所長。わたし、最後に、大庭さんに会いたいです」

澁田はうなずいて、もう一度端末を立ち上げた。

「研究室に連絡を入れておく。美子の好きにすればいい」

「厚木隊長には」

も少ない。

「内密にしておく」

「ありがとうございます、厚木隊長には、きっと反対されるでしょうから」

澁田は何かを言いかけ、言うべきことが何もないことに気づいたように顔をゆがめた。最後にもう一度だけ頭を下げて、美子は所長室を辞した。残された時間は、あまりにも少ない。


ふたたび訪れた赤と黒の世界で、美子は葉藏の心臓の前に立った。

中断される前と同じく表面に触れ、呼びかける。脈動する臓器は声に応《こた》え、美子の手を、腕を、その体を、柔らかく包んだ。肉壁とみずからの意識が溶け、混ざりあっていく。葉藏の鼓動を感じ、苦しみを感じ、あたたかい感触に包まれながら、美子は喜びの中にいた。葉藏の存在そのものに包み込まれているように、そこはひたすらに安らかだった。

やがて、身を包んでいた臓器の温かさが去り、我知らず閉じていた目を、美子はおそるおそる開いた。

そこは、すでに焼きはらわれたはずの、葉藏の部屋だった。アウトサイドにある、あった、バア「メロス」の二階。描き損じた絵と酒瓶と薬のボトルが床に散乱する、あの部屋。ここには葉藏を傷つけるものがなにもなかった。葉藏の存在を証明するものも、なにもなかった。だから葉藏がみずからの意識を閉じこめるには、これ以上の場所もきっとなかったのだ。

葉藏の無意識が作り出した赤黒い部屋の中心に、葉藏はいた。椅子に腰かけ、イーゼルにかけたキャンバスに向かっていた。手には絵筆。キャンバスには、美子も見覚えのある馬の絵が描かれていた。

「葉藏さん」

呼びかけても返事はない。葉藏は何かにおびえるように目を虚空《こくう》に向けたかと思うと、首を押さえて苦しみ始めた。

「葉藏さん！」

駆け寄って、肩に触れる。葉藏は暴れ、絵筆を取り落とした。真っ赤に染まった目が、美子を見る。しかし、その瞳に美子は映っていない。葉藏はよだれを流しながら、苦しそうに美子の後ろにいる何者かを見ている。

「笑えない。笑えない！」

うわごとのようにつぶやいている。記憶と戦っているに違いなかった。葉藏の目に映っているのは、きっと、彼の首を絞める父親の姿だ。

「葉藏さん、しっかりしてください！」

「うるさい！」

落ち着かせようと顔に触れた美子を、葉藏は片腕で薙《な》ぎ払った。床に倒れこんだ美子の上に馬乗りになる。身動きを封じられた美子は、なおも腕を伸ばして葉藏の頬に触れようとした。

葉藏はおびえるように、震える声を張り上げた。

「笑え笑えって、なんで笑わなきゃならない!」

首を絞められた。喉に激痛が走り、顔面が熱を持った。それでも、美子は呼びかけをやめない。これが最後の逢瀬《おうせ》になる。自分以外の誰も葉藏の心を見つけられないのであれば、これが葉藏を救い、この国を救う最後のチャンスなのだ。

「葉藏さん!」

拒まれても、退いてはならなかった。美子は震える腕を伸ばし、指先で葉藏の頬に触れた。皮膚の柔らかさが、葉藏がまだ人間であることを伝えていた。首を絞める腕に込められた力がわずかに緩んだのを見逃さず、両手で葉藏の顔を包んだ。

「葉藏さん!」

「――美子?」

声は、届いた。

我に返った葉藏が、おびえた声を出す。慌《あわ》てて手を引き、身を引く。美子の上からどいて、呆然と立ち尽くし、信じられぬものを見るように自分の手をじっと見た。

美子は上体を起こし、喉を押さえてせき込んだ。目じりに滲んだ涙を指先で拭《ぬぐ》った後で、葉藏を見た。

子供のようだった。

決して許されないことをして、謝る言葉さえ見つけられずにいる子供。

「やっと会えました。葉藏さん」

葉藏にとって、どれだけの時間だったのかはわからない。しかし美子にとってのこの三か月は、あまりにも長かった。待ち望んでいた再会は決して望んだ形ではなかったけれども、それでもちゃんと実現はした。

いまはもう、それで良しとしよう。

「おれは、また君を」

泣きそうな声で、葉藏は言う。その体を抱きしめて、これまでのこととこれからのことを語るには、運命はふたりにとって残酷すぎた。

きっと、あの朝焼けの中で美子の肩をつかみ、引き裂こうとしたことを葉藏は思い返している。ロスト体となり、正雄に命じられるままに、葉藏は美子の命を奪おうとした。

そのことに罪を感じられるのであれば、やっぱり葉藏は人間なのだ。

ここで死ぬべきではない、人間なのだ。

「葉藏さん」と美子は言った。「最後に、もう一度だけ会いたかった」

「最後？」

答えなかった。答えることはできなかった。この赤黒い悪夢を払い、葉藏の心を取り戻すために、美子はここに来たのだから。

「お願いです。わたしを描いてください」

ひざまずいたまま、葉藏を見据えた。あなたも描いてもらいなさい、とマリアは言った。美しいうちに、と。

美しさというものがなんであるかを、あの日、あの瞬間まで美子は知らなかった。放棄された電波塔のデッキで、朝焼けに染まる東京を背負いながら見た、再生のビジョン。葉藏が美子に見せてくれた、希望の未来。

あれこそが、本当に美しいものだった。

「描けないよ。おれにはもう、無理なんだ」

胸を押さえて、葉藏が詫《わ》びるようにつぶやく。

描くには心が要る。いまだ過去にとらわれたままの葉藏は、きっとその資格が自分にはないのだと思いこんでいる。

そんなことは分かったうえで、だからこそ、美子は笑った。

「大丈夫です」

その瞬間、部屋を満たすすべてが消え去り、甘やかな風が吹いた。一面の白い世界だった。遠近感も質量も持たない、真っ白な部屋。あらゆる穢《けが》れが漂白され、不要なものすべてが取り除かれた部屋。存在するものは葉藏と、美子と、葉藏が腰かけるための椅子、葉藏が描くための筆とイーゼルとキャンバス。そして、美子が腰かけるためのソファだけだった。

葉藏と美子はいま、そこにいる。それこそが、葉藏の望みなのかもしれなかった。

「君はいつだって自分や社会を信じてる。それが、ずっと羨《うらや》ましかった」

揃《そろ》えた膝《ひざ》の上に手を重ね、美子は視線を落とした。

「それは、ただ信じてたんです。信じることで、自分を見ないですむように」

告白をしなければならなかった。長い間、まとい続けた柊美子という服をすべて、ここで脱ぎ捨てなければならなかった。でなければ、葉藏に何を描いてもらえるというのだろう。

「でも、全部、嘘だったんです。何十年もビジョンを抱えて苦しんでいたのは、わたしだけだった」

すべては世界のためだと思いこんだ。自分にしかできないことがあると信じた。それは正しいことなのだと信じた。

信じなければ、あの地獄の日々を生き抜けなかった。

「ようやく、それがわかりました。そうしたら、真っ黒い感情が胸を埋め尽くして、わたしにも心があるんだなって、初めて実感したんです」

胸に触れる。小さく響き続ける鼓動がある。ここに心がある。でも、きっと心は持っていけない。だから。

「だから、わたしの心を、葉蔵さんにあげます」

目が合った。過去を見つめた絵は、もういらない。葉蔵が描くべきは、未来だ。

そのことを、美子は伝えに来たのだった。

「ああ」

葉蔵の嘆息とともに、空間が割れた。裂け、広がり、切れ間から青空があふれ出す。葉蔵が美子に見せてくれたものだった。あの文明再生のビジョンの中で見た、夢のような青い空だった。

なんて、なんて美しいのだろう。

「それでも、君の空は青い」

「それは、葉蔵さんがくれた最後の希望です」

その時、美子は知った。自分がいちばん見たかったものが、なんだったのかを。それは意外にも幼くて、純粋で、かわいくて、泣きたくなるほどささやかなものだった。

葉蔵が、笑っていた。

「笑うと、そんな顔になるんですね」

葉藏は答えない。答えずに、微笑《ほほえ》んだまま筆を取った。

筆は迷いなく動いた。描かれていく絵は、見たことのない色彩をまとっているはずだった。美子は、泣き出しそうになるのを懸命にこらえた。その絵を、わたしが見ることはない。未来永劫《えいごう》。

「わたし、待ってます。葉藏さんが導いてくれる世界を、ずっと待ってます」

キャンバスに葉藏が最後の色を置いた時、美子の姿は、葉藏の世界のどこにも残っていなかった。

美しい青空に包まれて、美しく笑う美子の絵だけが残された。

＊＊＊

そして葉藏は目覚めた。三か月に及ぶ昏睡《こんすい》をへて、美子がくれた心をたぐり寄せて。

「美子！」

飛び起きたのは、見覚えのあるヒラメの検査室だった。伸ばした手が、虚空をつかんだ。なにかがもう、失われてしまっているような気がした。

ベッドから飛び降りる。幸い、今回は拘束されていなかった。検査着のまま、裸足で走り出す。葉藏がたどり着くより前に、部屋の扉が開いた。装備に身を包んだ厚木が驚《きょう》愕《がく》の表情で葉藏を見る。

「目覚めたのか」

その声は葉藏に聞こえず、その姿は葉藏に見えない。それどころではなかった。葉藏の世界で、美子は消えた。これが最後だと言い残して。ならばいま、葉藏は走らなければならない。しかし、厚木のたくましい体が行く手を遮った。葉藏の肩を摑《つか》んで離さない。もともと体格が違う。葉藏がいくら押し返したところで、微動だにしない。

「どこに行く!」

「美子に何をした!」

満身の力を込めて押し返すよりも、その言葉のほうが効果があった。

「美子がどうしたというんだ?」

答えずに部屋から走り出る。目線だけで振り返ると、こちらを呆然と見つめる厚木に、追ってくる意思はすでにないようだった。

葉藏は走る。同じアプリカントだからか、美子のいる場所はわかった。施設内は入り組んだ構造になっている。距離がある。

「美子、行くな」

詳しいことはわからない。ただ、夢の中で出会ったことを覚えている。美子の笑顔を覚えている。その笑顔の意味が、いまならわかる。

美子はきっと、身を差し出すつもりだ。未来のためか、葉藏のためか。

間に合うか否かを考える余裕はなかった。能《あた》う限りの速度で、足を前に出し続けるしかなかった。

＊＊＊

「本日は、人類史上まれに見るめでたい日であります。〈S.H.E.L.L.〉による健康保障体制のもと、百二十歳という限界寿命を超えた方々にお集まりいただき、また、こうして、ご挨拶《あいさつ》をさせていただけることを、心から光栄に思っておる次第です」

首相の挨拶ではじまった合格式の様子を、トランスプラントルームに投影されたホログラムを通して、美子は見ていた。

マリアのことを思い出した。何が合格かなんて誰にもわからない。美しさも幸せも、人それぞれだとあの女性は言っていた。同意も反論もできない。今もって、まだ。

「これから皆様は、〈S.H.E.L.L.〉の保障を離れ、個々人の責任において、人生の最後に向けて生活をなさるわけでありますが、それはすなわち、皆様一人一人の偉業を、みずから貫徹していただく、その始業式でもあると、そう、感じておるわけであります」

堀木は来るだろう。きっとこの式典を完膚なきまでに破壊しに来る。

厳戒態勢が敷かれているはずだった。その責任者のひとりである厚木は、いまどこにいるだろう。美子がみずからの身を献体に捧《ささ》げたと聞いたら、どんな顔をして、どんな声を発するのだろう。悲しんでくれるだろうか。それとも、怒りに我を忘れるだろうか。そのあとでよかった。悲しみ、怒り、そのあとに、厚木には葉藏の隣にいてやってほしいと思う。何十年も、自分にそうしてくれたように。

「柊美子」

呼びかけとともに、ホログラムが消えていった。振り返れば、合格者の老人がひとり、美子の前に座っていた。

部屋は暗い。保存液のプールを照らす微細な光だけが、二メートルほどの闇《やみ》を隔てて座る老人の顔を認識させた。

齢《よわい》百四十を数える古老の顔に刻まれた皺《しわ》は、苦労の分だけ深い。落ちくぼんだ眼窩《がんか》の向こうは、ひどく淀《よど》んでいる。美子は膝をそろえて座っている。せめてもの礼儀なのか、老人は同じ高さの床に、同じように座っていた。

声は、思いがけず、優しかった。

「準備は良いかね」

一度、目を閉じた。それがすべてだった。覚悟のために必要な仕草の。

「はい。この身体を今の世界とあなた方に、心は未来と葉藏さんに捧げます」

その声に込めた意味を、老人は当然のように理解しない。わが身の延命がこの国の未来と等しい価値を持つと信じる耳には、その調べはあまりにも尊すぎた。

美子もまた、語らない。だから、それが彼女がおのれの声帯をもって発した、最後の言葉になった。

「そうか。では、善は急げだ」

陽炎《かげろう》のように老人の姿が消えた。それさえホログラムだったのだろう。未来のために命をささげると決めた者を迎える時ですら、合格者は生身での面会を許さなかった。部屋には美子と、低い稼働音を立て続ける、トランスプラントのための機器だけが残された。

恐怖はなかった。後悔も。

悲しみだけが、わずかにあった。

あるはずのない風を感じながら、美子は目を閉じた。心の中に、青い空が広がった。

唇は動いただろうか。さようなら、と。

＊＊＊

葉藏は走った。走り続けた。ヒラメのエントランスを駆け抜け、〈S.H.E.L.L.〉本部へ続く舗装路をまた走った。脳内を美子の声が満たしていた。

彼女は、どうしてあそこまで不幸だったのだろう。みずからの不幸にも気づけないまま、ただ使命に対して誠実であろうとし続けた。その善意に付け込んで、あらゆる正義が彼女を食い物にした。人生をささげ、幸福をささげ、未来をささげ、過去をささげ、いま、命をささげようとしている。

そんなのは嫌だった。

彼女には救いがあるべきだった。望んだ未来をその眼で見る権利があるはずだった。

葉藏の前に、最後の門が立ちはだかった。〈S.H.E.L.L.〉本部へつながる門は、精緻《せいち》に象嵌《ぞうがん》された華やかな日本画の意匠をまとって、葉藏の歩みを止めた。扉は開かない。傍らに設置されたコンソールに、関係者以外立ち入り禁止と、間抜けな文言が表示されている。

ふざけるな、と葉藏は扉に拳を打ち付けた。連打した。関係者と言えば、おれほどの関係者はいないはずだ。叫びとともにいくら拳を打ち付けても、生身でどうにかなるような代物《しろもの》ではない。

「くそ、美子！　美子！」

無駄だと知っていながら、頭の中になぜか浮かんでくる美子の笑顔へ呼びかけた。すると突然、耳に響く異音があった。はじめて聞くものではなかった。

赤い。

黒い。

眼前が赤黒く塗り替えられていく。

異界。

崩壊の世界だった。崩壊のビジョンの中に、ふたたび葉藏は招き入れられていた。

「望まぬ未来を引き寄せたか」

忘れがたい声だ。聞き間違えるはずもない。

「正雄、なんで、お前がここに」

「俺自身は合格式の式典の会場にいるさ。忘れたか、ここは俺とお前の意識だけが訪れることができる未来の姿だ。眠っていたお前が目覚めた気配がしたので、招待してやっただけだ」

「お前に関わっている暇はない！」

嚙《か》みつくように吠《ほ》える葉藏を無視して、正雄は笑った。

「だから忠告してやっただろう。身の振り方を間違えるなと。すべてお前の浅はかさが招いた結果だ」

「だまれ！」

「お前が生み出す死は他人を巻き添えにする。巨大な無念の連鎖を引き起こしてな。無念が大きいほどロスト現象も拡大する」

夢見るように、正雄は語る。はじめて見る正雄の顔だった。眼鏡をはずし、髪を下ろしている。そうすると、酷薄な性根がいっそう明らかになるようだった。

「何を言っている?」

「見せてやろう。いま、式典の会場がどのような地獄に見舞われているかをな」

正雄が手をかざすと、葉藏の視界が一度白く濁った。

頭に直接映像が流れ込んできている。

合格式の会場であることはすぐにわかった。

しかし、巻き起こっている悲劇の正体までは、まったく理解できなかった。会場は連鎖的に発生したロスト現象による黒い渦に飲まれ、巻き添えを逃れた人々が逃げまどっている。椅子を飲み込み、床を喰らい、壁を取り込んで、渦は急速に発達していく。絶叫が聞こえる。悲鳴が聞こえる。助けを求める声が引き裂かれていく。

やめろと叫ぶ前に、映像は去った。汗が噴き出る。今のが、実際に起こっていることだと?

「お前の心臓を使って作った、新たなアンチGRMP薬の成果だ。自発的死を待たずともロスト化させることができる。おかげで俺の悲願もようやく成就《じょうじゅ》する」

「これが、おれのせい?」

「そうだ。第三のアプリカントとして生まれたお前の力。お前の運命だ」

正雄は、勝ち誇ったように笑った。実際、勝ったつもりなのだろう。この先にどのような計画を準備しているかは知らないが、この男はたしかに、望んでいた悲劇を演出した。

　だが、それだけだ。

　そんなできの悪い台本に、こちらまで飲み込まれてやる理由はなかった。なにが自分の責任で、なにが自分の罪なのか。それを決められるのも、きっと自分自身だけだ。

「おれの運命は、おれが決める」

　喉の奥で正雄はまた笑った。よく笑う。大願の成就を前に、気分が高揚しているのかもしれなかった。

「やれるものならやってみろ」

　崩壊のビジョンが砕け散る。同時に、正雄の影も姿を消した。

　現実に帰ってきても、状況の悪さは何も変わらない。

　目の前には相変わらずの不愛想な固い扉がある。それを打ち破ろうともう一度拳を振り上げた時、腕を摑まれた。厚木だった。

「無駄なことはやめろ」

「離せ！　止めるつもりなら、おれは」

「逆だ、馬鹿者」

　暴れる葉藏から距離を取り、無言のまま厚木はコンソールに何らかのカードを読ませた。起こったことを葉藏が認識するより早く、扉が開いた。

「所長から奪い取ってきた機関員証だ。進むぞ」

あっけにとられる葉藏を置いて、厚木が扉をくぐる。慌てて追いついてきた葉藏に目を向けず、厚木は走りながら前方だけを見つめて言った。

「娘のようなものだ」

「は？」

「美子だ。ずっと、傍で見てきた」

低くしわがれた声には、本当に人を愛することを知っている者だけが出せる響きが滲んでいた。葉藏はうなずき、美子のことを思った。おれだけじゃない。君を失いたくないと思っている人間は。

「お前は？」

と問われた。なぜ美子のために走るのだ。

「生きる理由を、教えてもらった」

「……そうか」

十分だった。命をかけて彼女を助けることに、これ以上の理由はいらない。

しばらく走ると、上層階につながるリフトに着いた。ふたたび厚木がカードをかざしてコンソールを操作すると、上昇をはじめた。この先に美子がいる。葉藏は上空を眺め続けた。厚木は腰に佩《は》いたデバイスソードを手に取った。葉藏に手渡すために。

「どうして？」

厚木は答えない。葉藏が動揺しつつも受け取った時、ようやく口を開いた。

「俺の知る限りの事情を教える。先ほど、所長に聞いた話だ」

リフトに乗っている間、葉藏は逆らわず黙ったままことのあらましを聞いた。くぎを刺されるまでもなく、質問はなかった。ただ、血を沸かす怒りが胸の内にこみ上げ、それをやり過ごすことだけが困難だった。厚木もまた、歯をくいしばりながら、痛みに耐えるように語った。

リフトの旅が終わると、厚木とともに〈S.H.E.L.L.〉の内部を走った。廊下には塵《ちり》一つない。進むほどに壁は装飾を減らし、通路は狭くなった。知らないはずのトランスプラントルームへの通路を迷いなく走る葉藏に、厚木はすこし驚いた様子を見せた。アプリカント、と小さくつぶやいたのを、葉藏は聞いた。

葉藏は、ただ美子のことを思った。思いながら、走った。

いくつかの角を曲がり、いくつかの扉を開き、いくつかの階段を上がった。葉藏が息を切らし、さしもの厚木もわずかに汗を浮かべ始めたころ、ふたりは足を止めた。

無機質な扉を、控えめな照明が照らしていた。コンソールを操作するまでもなく、扉は開いた。部屋の中は無音だった。そのことごとくが意味するすべてに気づかないふりをして、葉藏は足を踏み入れた。

地獄があった。

崩壊のビジョンなど、何ほどのこともない。

それこそが、この世の終わりの光景だった。

「ああ」

扉の前で立ち尽くす厚木を残し、葉藏は震える足取りで数歩進んだ。肺が壊れてしまったようにうまく呼吸ができない。眼の前にあるものが信じられなくて、信じたくなくて、でも目を背けることだけはできなくて。

部屋の中には命あるものがなかった。用途の知れない機器が漏らす明かりと、部屋の中央に向けられたグリーンのライトだけが光源だった。その気になれば百人は収容できそうな円形の間は、葉藏に、おのれの咎を見せつけるように、余計な遮蔽物《しゃへい》を持たない。

「あ、ああ、ああ」

意味のない声が漏れる。膝の震えは抑えがたく、葉藏はひざまずいた。床の冷たさが脳髄を刺すようだった。すべてが終わってしまったことを、受け入れないわけにはいかなかった。

目の前には、保存液の満ちたプールがある。

その中に、美子がいた。

内臓をごっそりと奪われ、胸から腹部が骨だけになってしまった、美子が。

「あ、ああああああああ」

水流が美子の髪を靡《なび》かせていた。美子の顔は、なんの表情も浮かべてはいなかった。二度と浮かべることもない。内臓だけではない。腕も、足も、皮膚も、あらゆる部分が損なわれていた。

それはもう、人体とは言えない何かだった。

「美子、美子ぉ！」

呼べど叫べど返事はない。すでに美子の体は切れ切れにされ、老人たちへの供物《くもつ》にされた。命の輝きは失われ、そこにあるのは、美子だったものの残骸だった。

彼女が笑うことはない。彼女が語ることはない。彼女に触れることはもうできない。

――でも、進むしかないんです。

美子の声が脳内で響いていた。それでも、進めというのか。ここから、どうやって。

――信じるんです、未来を。

ようやく見つけた生きる理由を、こんなに無残に奪われて、いったい何を、どんな未来を夢見ろというのだろう。

葉藏は絶望した。冷えていく脳内で、おのれの名を呼ぶ美子の声が、切なく響いていた。

すべてが静まり返ったその部屋では、時が止まっているようだった。しかし、水が流れ続けるように、状況は動く。動かそうとする意志を持つものがいる限り、動かざるを得ない。美子を悼《いた》む静寂を破るように、差し迫った声が突然響いた。

『隊長！　応答してください！』

厚木の身に着けた通信機から緊急事態を知らせるアラームが鳴った。我を取り戻した厚木が、通信機を耳に当てる。どのような伝達がされているのか、葉藏には聞こえない。聞こえたところで意味がない。

目の前にある現実から、そうやって目をそらすことに決めたのか、厚木はやがて通信機に何事か指示を出した後に、踵《きびす》を返した。やるべきことを与えられて安堵《あんど》しているようにも見えた。絶望によって土気色に貶《おとし》められていた顔に、怒りと使命の血潮を呼び戻し、厚木は低い声で言った。

「美子の決心を無駄にしないでやってくれ、大庭葉藏」

そして去った。

葉藏は残された。

葉藏は、ずっと美子を見ていた。この部屋に踏み入った時から、一瞬も目をそらすことなく、美子の姿を見ていた。脳裏で、美子の言葉を聞いていた。夢の中で聞いた美子の言葉。葉藏が聞いた、美子の残した最後の願い。

――わたし、待ってます。葉藏さんが導いてくれる世界を、ずっと待ってます。

どんな思いで、彼女はそれを言ったのだろう。

この結末を、こんな終わりを予期して、覚悟して、彼女は葉藏に会いに来たのか。これほどに誰かを貶め、踏みにじり、犠牲にしなければならないほどの価値が、いったいどこにあるというのか。未来にはそれだけの価値があるのか。命には、人間には、それだけの意味があるのか。

わからなかった。

だから、憎かった。

彼女にこの結末を歩ませたすべてを、葉藏は憎んだ。なによりも、おのれの無力を憎んだ。憎み、破壊しようと思った。すべてを打ち砕き、すべてを否定し、すべてを燃やし尽くしたいと願った。

自己への憎しみが、葉藏の体を動かした。

厚木に託されたデバイスソードを逆手に持つ。死に方は知っている。死んだ後に、どうなるのかも知っている。だからこそ、この刃は自分自身に突き立てられなければならないのだ。

葉藏は、おのれの心臓を、振動する刃で貫いた。

灼熱《しゃくねつ》が落ちる。巻き起こった爆発は美子も、美子を辱《はずかし》めた機器も、すべて等しく飲み込んで黒い渦を巻きあげる。命なきものを喰らい尽くして、赤い炎が空間を走る。炸裂《さくれつ》する。炎の怒濤《どとう》があたりを浸し、やがて波が引くように収束した。

生まれたものは、鬼だった。

＊＊＊

合格式の会場は、酸鼻を極めた。

新しいアンチGRMP薬をその場で飲んだものが数人いた。首相の演説が続く中、その者たちがロストした。回避の方法もない。周囲に座っていた数十人を巻き込んだロスト現象は次々に連鎖し、会場中を黒い渦が包んだ。たった数分のうちにあらゆるものが飲み込まれた。いかなる厳戒態勢を敷いていたところで、一瞬でここまでの惨劇が起こってしまえば手の打ちようもない。黒い海があふれ出す。ロスト現象は幾重にも連鎖し、天を衝く大きな竜巻が生まれた。

竜巻は破壊の限りを尽くして収束し、そこにひとつの黒い輪郭を描いた。全長数百メートルに及ぼうかという、あまりに巨大なロスト体の異形だった。

数百の命を吸い、共食いし、桁《けた》違いの質量をもって表面を鎧《よろ》ったそれが、斜陽に照らされて影を作った。甲虫に似たフォルムをなしたそれは、細長い六本の足で歩きだした。蹴散《けち》らされたビル群が紙屑《かみくず》のように崩落していく。逃げまどう人間たちに見向きもせず、ロスト体はただ一方向へ移動を始めた。
その先には、貝の外殻をまとって輝く〈S.H.E.L.L.〉本部がある。
「死とともに生を奪われた人々よ」
声は、ロスト体の上から響いた。正雄が立っていた。ネクロマンス型のアプリカント
は、この巨大ロスト体ですら意のままに操ることができる。絶望の巨人を従えて、最後
の医者が最後の患者を救いにいくのだ。
「今こそ積年の恨みを晴らすときだ！」
長年の計画はすべて順調に推移した。人類史上にも類を見ない兵器をもって、正雄は
インサイドを踏みつぶしながら〈S.H.E.L.L.〉へ迫る。
巨大なロスト体の腹部から大木ほどもある触手が何本も伸び、逃げまどう人々を貫い
ていく。〈S.H.E.L.L.〉本部への進軍の速度は緩めないまま、ロスト体はなおも死を量
産し、巻き込み続けた。そのエネルギーを吸ってより固く、より強く、より大きくなる。
この国の戦力では、たった一体の魔神を止めることもできなかった。
即時離陸できたすべてのヒラメの哨戒機がロスト体を包囲する。彼らは、ロスト体の
上に立つ正雄を認めた。機銃の一斉掃射が始まる。
「おろかな」
ロスト体の外殻が変形し、盾となって正雄を守った。外殻には傷一つない。絶望に歪《ゆが》

ロストの顔を、正雄は見た。こみあげる笑いを抑えきれぬまま、手を掲げ、ロスト体に指令を出す。鞭《むち》のようにしなる無数の触手が、目障りな害虫を叩き潰《つぶ》すようにティルトローター機を薙ぎ払った。あちこちで墜落し、炎を噴き上げる。

「急ぐことはないぞ。遠からず、貴様らの命はどうせ尽きるのだ」

ビルを薙ぎ払い車を踏みつぶし、ロスト体は〈S.H.E.L.L.〉に迫る。命がけで攻撃を続けるティルトローター機は秒単位で数を減らすばかりで、足止めにもならない。射程に入ったことを確認し、正雄は、その貝殻を触手で打ち砕くよう、ロスト体に命じた。

＊＊＊

中央には祭壇のような台座がある。部屋は円形で壁一面に二メートルほどの無数の楕円のカプセルが埋まっている。暗く、静かで、清潔な空間だった。

〈S.H.E.L.L.〉本部最上階にある、健康基準合格者たちのための部屋である。

カプセルのなかには合格者たちがいる。全体の一割ほどのカプセルだけが、淡い赤の光を放っている。バイタルデータを管理するモニタの色である。彼らの存命を示す灯りだった。数えて、三十一。合格者たちの寿命は、文字通り風前の灯と言えた。

わずかな電子音が響き、ひとつのカプセルのモニタが烈《はげ》しく光った。この国の前途を祝福するように。

〈transplantation：100％〉

処置が終わったのだろう。カプセルが壁面から離れ、ゆっくりと動き出す。せり出し、降下し、祭壇の中央へ着地する。空気の抜ける音を立てて、前面のロックが解除された。

蓋が、開く。

中には老人がいた。顔の半分はマスクで覆《おお》われ、心臓部にはバイタルをモニタするための計測器が取り付けられている。トランスプラントルームで、ホログラムの姿のまま、美子と向かい合っていた老人だ。

マスクと計測器が外れ、長い眠りから覚めるように、老人はゆっくりと目を開いた。

瞳が、赤い。

軽々と歩き出す。足取りはたしかなもので、いささかの揺らぎもない。

「時が戻ったようだ」

カプセルの中に収められていたスーツを身にまとい、ネクタイをしめる。そうして服に身を包んでしまえば、老人の全身には活力が満ちていた。みずからの力で立つこともおぼつかなかった先ほどまでとは別人になった心地だった。

いや、たしかにもう、別人なのかもしれない。

老人はその身に、第二アプリカントの細胞を宿したのだから。

「みな、成功か」

部屋の中央に立ち、あたりを見回す。赤く染まっていたカプセルのモニタは、いつの間にかすべて青く変わっていた。それは、生き残った三十一人の合格者すべてが美子の細胞を取り込んで、トランスプラントを成功させたことを意味していた。

「これでひとまず安泰だ」

体にみなぎる力を確認しながら、老人は安堵の息を吐いた。どれだけ長く見積もっても残り二十年がせいぜいだと思われた寿命は、この瞬間に伸長したはずだ。

アプリカントの細胞の優位性は、この国の未来をたしかに延命させたのだ。もう顔も思い出せない第二アプリカントの小娘も、さぞかし本望だったことだろう。

こらえきれずにたりと笑った老人の喜びに、しかし、水を差すものがあった。

部屋が揺れたのである。地震ではなく、明らかに外部からの衝撃によるものだった。

即時、壁に投影されたホログラムに、まがまがしい巨体が映った。情報はカプセル内にいた時から聞こえていた。堀木正雄が操る巨大ロスト体が、ついにこの〈S.H.E.L.L.〉の外殻にたどり着き、その触手で攻撃を加えたのだ。

「醜い」

ひときわ大きく響いた衝撃音とともに、ホログラムは消滅した。外殻が破られたのだろう。数秒もたたないうちに、ホログラムが投影されていた壁にノイズが走った。ノイズとしか言いようのないものだった。物質であるはずの壁がバグでも起こしたように像を乱していく。やがて青い粒子が急速に走り始めたかと思うと、そこに黒い渦が現出した。

巻き添えの渦が収まると、穴が穿《うが》たれていた。

触手が侵入してくる。堀木正雄を乗せて。

「核でも破れんここを破るか、堀木。ロスト現象とは恐ろしいものだな」

言わなくても良いことを、老人は言った。すでにその脅威が過去のものになったことを確認するように。

「その力で〈S.H.E.L.L.〉ごと無理心中をはかるつもりか?」

「百二十年、積もり続けた怨念《おんねん》のなせるわざだ」

老人からは見えていない。部屋の外では、巨大ロスト体がのしかかるように〈S.H.E.L.L.〉本部を脅《おびや》かしていた。正雄が腕を一振りしたことをきっかけに、無軌道なまま縦横に伸ばされていたロスト体の触手が、一斉に動きを止めた。

それが惨劇の終わりであると思ったものは誰一人いない。

次なる破壊のための準備であることは明らかだった。正雄の意思を受けて、巨大ロスト体の一部となった無数のロスト体たちが、表皮のあちこちで怨嗟《えんさ》の声を上げる。地上にまで響き渡るその声は、地獄から轟《とどろ》く呪《のろ》いの歌のようだった。

「栄えある合格式の日に、そのような無粋なものを生み出し、なにをしようというのだ」

老人の余裕は崩れない。触手に乗って空中を浮遊する正雄は、老人の頭上に立っている。仰ぐようにしてその姿を見ながら、しかし老人はたしかに、正雄を見下していた。

かつて、この〈S.H.E.L.L.〉を中心としたシステムを産み出したのは、まぎれもなく堀木正雄の率いるチームだった。生みの親が産み落とした子を葬るよりも醜いことはこの世にない。

「我々は、第二のアプリカントと融合し、新たな健康基準を得た。見ろ」

すでに生まれてから半世紀を数える。システムの試験段階から考えればもっとだ。〈S.H.E.L.L.〉は親の手を離れ、みずからの意思で動き始めている。親は、子の自立を喜ばねばならない。その歩みを、押しとどめることをしてはならない。老人は手をかざした。虚空に、ホログラムによる三次元グラフが投影された。

「文明曲線も、我々の長寿を祝っている」

文明の崩壊と再生、そしていまだ定まらぬ未来。三種類の曲線によって緊張していたグラフが乱れ、新たな形を構築する。アプリカントを取り込んだことによって合格者の寿命が延び、健康基準はさらに強固なものになった。更新された状況を正確に反映し、グラフはあるべき形を描き出した。もはやそこに、動揺の名残は残らなかった。

すべての曲線が融合し、これまでとはまったく異なる図形が描出された。

たったひとつの美しい曲線だけが、老人と正雄の前に姿をさらしていた。

「選ばれし者の恍惚《こうこつ》と不安、二つ我にありだ。我々は生きる。生き続けて文明を牽引《けんいん》する」

「死を拒むだけのお前たちがか？　笑わせるな」

正雄の声に、怒りがにじむ。老人たちの正義はすでに利己的な世界観と不可分になっている。ただ死を恐れるという生物としての本能を、この国の、人類の未来のためであるという美辞麗句で糊塗《こと》しているに過ぎない。

見るに堪えない俗悪だった。

「〈S.H.E.L.L.〉とともに、あの怨念の塊が開く滅びの世界へ旅立つがいい」

正雄の操るロスト体の腹部が膨張し、破裂する。力を蓄えた触手が続々と生み出され、外殻を破られた〈S.H.E.L.L.〉のあらゆるところに伸ばされていく。小規模な黒い渦が生み出される。爆発が爆発を呼び、社会システムの基盤としてこの国を治め続けた〈S.H.E.L.L.〉本部が崩れていく。

そこまで追い詰められてなお、老人は動じなかった。

足元が崩れていく音を聞きながら、乾ききった唇を曲げる。ここに来るべき新たな、そして最後の役者を歓迎するために。

「人間の在り方は進化した。たったいま」

爆音とともに、老人の背後から煉獄《れんごく》の炎が噴き上がる。床が消し飛び、あたりを紅の閃光が薙ぎ払った。猛烈に渦を巻く焔《ほのお》が火柱となって立ち上り、風を巻いて散乱した。すさまじい熱量が、瓦礫《がれき》までも蒸発させていく。

やがて炎を呑《の》み下したように、ひとつの影が立った。

正雄の目が見開かれ、険しくなる。その存在の発生だけは、二百年近くを生き続けた男にも見通せぬイレギュラーだった。

「なり果てたか、葉藏」

「かくなる上は、堀木正雄よ。お前の目論見《もくろみ》は成就せん。第三のアプリカントがお前を葬るのだ」

それは葉藏だった。ロスト体ではなく、人間でもない。たしかに顔と表情を持ち、ヒトガタを保っている。しかし口は陰惨なまでに割け、目はすさまじいほどに見開かれ、まがまがしい角が生えている。吐き出す息でさえ空気を燃焼させてかすかに光る。目は黄金色に爛々《らんらん》と輝き、肌は波打つ溶岩をまとって嶮《けわ》しい。その体に、柔弱な個所は何一つ残されていなかった。

この場に鏡があれば、葉藏はおのれの姿を見て、驚愕を禁じ得なかったに違いない。最後の突貫作戦に誘われたあの夕方、正雄と竹一が訪れる前に描いていた絵。自分の中の衝動に導かれるままに絵具を塗りたくった赤黒いあの絵。キャンバスに描かれた姿を見て、竹一は鬼みたいだと言った。

　絵に描かれた鬼そのままの姿となって、葉藏はここにいる。

「彼は我々を護る。我々の中で生きる第二のアプリカントと、彼女が信じた再生の未来を」

　意思があるかどうかは定かではない。しかしこの鬼がここに現れた理由はほかに考えられない。すなわち、美子を切り刻んだものを破壊するのではなく、美子の意思を取り込んだものを守るために、葉藏は来たのだ。

　葉藏は、老人を守るようにして、正雄と対峙した。

「ほざけ！」

　正雄の繰り出す触手が葉藏を襲う。ティルトローター機も戦車も軽々と粉砕した触手を避けようともせず、葉藏は拳を突き出した。接触の衝撃が吹き飛ばし、焼き尽くしたのは、触手のほうだった。灰塵《かいじん》となって消え去った触手は、しかし一本だけ。正雄は葉藏に休む間を与えぬよう、さらなる触手を繰り出した。

　部屋の壁を砕き床を這《は》い、触手は余勢をかって葉藏に激突し、その体軀を飲み込んだかと思うと、そのまま天井を貫いた。しかし、その程度では葉藏の体は砕けない。圧倒的な熱量が、醜い鞭を内部から爆発させた。追ってきたいくつかの触手が連鎖して巻き込まれ、引きちぎられる。

支えを失った触手が重力に抗《あらが》うすべを失って落下していく。その表面を力ずくで破って葉藏が這い出して来る。ビル群を一蹴《いっしゅう》するほどの負荷を受けながらも、かすり傷ひとつ負っていない。

老人は葉藏を満足気に見た。葉藏は、老人の視線を無視した。正雄を見ていた。正雄だけを見ていた。

「あきれ果てた奴《やつ》だ。葉藏、またも身の振り方を間違えたか」

「堀木よ。ここで貴様は果てるがいい。その醜いロスト集合体とともにな」

「それはどうかな」

「なに？」

正雄が嘲《あざけ》るように老人を見ると同時に、老いた口から、鮮やかな血が噴き出した。

「がっ？」

老人は口元に手をやった。そんなことで収まるはずがないのに、流れ出ていく血を惜しむように、両手で覆った。あふれる血は止まらず、損なわれた内臓は惜しげもなく収縮を繰り返す。

悶絶《もんぜつ》し、爆散しそうになる体を抱く。床に膝《ひざ》をつく。苦しみはおさまらない。

「なぜ」

「柊美子に決まっているだろう」

正雄の声は冷たい。すでに老人の存在から、正雄の興味は急速に失われつつある。

この世に残らぬものに拘泥《こうでい》して、益することなどひとつもない。

正雄は葉藏を視界におさめ、そのまがまがしい全容をようやくじっくりと見た。正雄も気づいた。その姿が、葉藏の描いた自画像を象《かたど》ったものであることに。

「それがお前の中に最初からいたものか。いや、あるいはお前の怒りを表した絵に、もてあました激情を託したがゆえにその姿になり果てたか。いずれにしろ、哀れなやつだ」

「堀木ぃ」

うんざりしたように正雄は老人に目をやり、唾《つば》を吐いた。

「葉藏と柊美子、二人が呼び合っているんだ。どうやらお前たちの体を引き裂き、命を終わらせるのは、おれでもロスト体でもないらしい。お前らがその身の内に取り込んだ、柊美子の怨念だよ」正雄は宣告した。なにもかもが、彼らの思い上がりだったのだと。

「美子が夢みた世界に、お前たちの居場所はない、ということだ」

老人は床に這いつくばって滅びに抗った。しとど流れ出す血液が、瞬《また》く間に黒ずんでいく。滴《したた》り落ちて、床に、地図のような染みを描きだす。柊美子が手を引いてたどる道の標《しるべ》、幽冥への案内図だった。

「すべて国民のためだ。この社会を維持するために、我らがやってきたことを否定はさせんぞ！」

「否定するさ。その強欲のせいで、貴様らは惨めな終わりを迎えるのだ」

嘲る正雄の前で、老人の皮膚がひび割れ、目が赤く染まっていく。アプリカントの生命機能は人間よりも進化している。美子を支配下に置き続けたことで、老人はその前提の持つ意味を軽く見ていた。結局、ヒトの器にアプリカントの細胞は収まらなかった。相容れない二種の細胞が体内でせめぎあい、肉体の限界を超えた。トランスプラントという手法を選択した時点で、この終わりは決定していたのだ。体が痙攣《けいれん》するように震え、身の裡《うち》に蓄えられた膨大なエネルギーが渦を巻いて出口を求める。

一瞬ののち、響き渡った絶叫は彼だけのものではなかった。祭壇の上で発生した爆発は赤い煙をまき散らし、あたりを爆音で包んだ。壁面に残されていた三十のカプセルもまた、残らず赤い炎に包まれていた。カプセルが衝撃で裂け、その中が暴《あば》かれていく。

「永遠を夢見て眠り続けたそのカプセルが、お前たちの棺《ひつぎ》だったというわけだ」

おかしそうに笑う正雄の目は、油断なく葉藏を見ている。状況の変化は予想を超え始めているが、想像力の範疇《はんちゅう》にはある。棺が破られたというのならば、その中からさまよい出るものは、死者の亡霊と決まっている。

深紅と漆黒《しっこく》を混ぜ合わせた竜巻が収まると、そこにはお決まりのロスト体が姿を現すはずだった。しかし、抉《えぐ》り取った床と老人の体を巻き添えにして象られたものは葉藏と正雄の想像をはるかに超えたものだった。

　それは、美子の形をしていた。

　岩のような肌の質感はロスト体と何も変わらない。獣のように四肢を地面についた美子に、意思の輝きは感じない。背中から翼のように生えた触手が、彼女が人間ではないことを示していた。

　一体ではない。

　破壊されたカプセルの中で、同様の化け物が生まれていた。合計三十一体の、美子の姿をしたロスト体。合格者たちが取り込んだ美子のアプリカント因子が引き起こした事態であることは明白だった。

　カプセルの中にあった一体が、四肢に力を込めた。視界の端でその害意を認めた正雄が手をかざす。風を巻いて飛びかかってきた美子の前に間一髪差し出した腕が、彼女の動きを止めた。

「信心のたまものか？　業《ごう》の深い女め」

　異様な姿を取っていたとしても、これがロスト体であることに変わりはなかった。ロスト体を操る正雄の能力は、このまがい物の美子たちにも十分に通用するらしい。

　正雄は笑った。神がいるとするなら、そいつはまったくの外道であるに違いない。

　葉藏に表情はない。守るはずだったものが自滅したいま、彼は、おのれがこの場にいる理由を探し出さねばならなかった。しかしその猶予は彼には与えられない。葉藏を指さし、正雄が告げる。

「美子。葉藏を殺せ」

三十一体の美子の背中から、一斉に触手が射出される。音速をゆうに超える六十二の刃が、あらゆる角度から葉藏に殺到した。

＊＊＊

正雄の操るロスト体によって大幅に数を減らした〈S.H.E.L.L.〉とヒラメの哨戒機は、任務を迎撃から避難へと変えていた。厚木の判断だった。機銃程度の攻撃ではロスト体には無意味であり、あれほどのサイズの融合体となれば決死の覚悟でデバイスソードを突き刺して分解液を注入したところで焼け石に水だ。

この国の行く末がどうなるかは分からない。いまできることは、ひとつでも多くの命を離脱させることだけだった。

「緊急事態です。一刻も早く避難してください」

所内すべてに響き渡る警告音が、厚木の意識を引き戻した。厚木は哨戒機の離発着場で指示を出している。昨日、ここで美子と会話をしていたことが、今ではもう夢のようだった。たかだか十数時間のうちに、何もかもが変わり果ててしまった。

「身のまわりのものだけを持て。怪我人と女性が優先だ。急げ」

美子と同じ制服に身を包んだ女性職員を機体に押し上げながら、こみあげてくる感情に蓋をした。考えてしまえば、頭も体も動かなくなることはわかっていた。任務に没頭することだけが、厚木の精神を正常に保ってくれていた。

巨大ロスト体は、〈S.H.E.L.L.〉本部の外殻を破り、最上階に触手を繰り出したきり、動きを止めていた。地上を攻撃し続けていた腹部から伸びた触手も活動をやめた。この小康状態がいつまで続くかわからない。無駄な時間は一秒もなかった。

「もう待てません、退避しないと危険です！」

「全員乗せるまで耐えろ！」

悲鳴を上げるパイロットに怒鳴り返し、怪我人を載せた担架に手を添えた。救えなかったものがあった。だからこそ、まだこの手で救えるものは、なにひとつ取りこぼすことはできなかった。

「隊長、所長の姿がありません！」

所内を見回っていた隊員が帰ってきたところのようだった。退避の準備は整った。

「所長は避難済みだ。ほかに残っている者がいないかを確認しろ！」

平然と嘘をつき、離陸の準備を始めるようにパイロットに告げた。澁田は、残ると言った。先ほどかわした通信で、避難を迫る厚木に向かって、精いっぱいの虚勢を張って、残らせてくれと言ったのだった。

文明曲線も健康基準もめちゃくちゃになっている。この世の終わりかもしれない。そう通話口で告げた澁田の声は震えていた。震える声のまま、続けた。この場で世界が終わるのであれば、その終焉《しゅうえん》に加担し続けたのは私だ。せめて終わりを見届けるくらいのことをしなければ、あの娘に申し訳が立たない。

そんなことを望む娘ではなかったことくらい、澁田にもわかっていたはずだ。だからこそ厚木は反論することなく、ご無事で、とだけ告げた。

「残っているものはもういないか！ ……なに？」

厚木の目が信じがたい光景をとらえた。巨大ロスト体が活動を再開させていた。楔《くさび》のように大地に打ち込まれていた触手が、あらためて土中から姿を現す。基礎工事のあたりを破ったのか、〈S.H.E.L.L.〉本部を取り囲むように黒い渦が出現した。土中で起こった巻き添えが拡大し、本部を飲み込むようにせりあがっていく。黒い海が満ち潮となって〈S.H.E.L.L.〉そのものを飲み込もうとしていた。

「堀木、まさか」

渦が渦を喰らい、暴風は際限もなく膨らみ続ける。底も知れない正雄の悪意が生み出した地獄の光景だった。〈S.H.E.L.L.〉本部すべてを飲み込んで、世界樹のようにそびえ立つ黒い渦の姿は、たしかに世界の崩壊を予感させた。

「〈S.H.E.L.L.〉のすべてをロスト現象に引きずり込むつもりか！」

気づいたところで止められるものではない。脳裏を満たしきった絶望が、この終局に抵抗する意思を、厚木から奪い去っていった。

＊＊＊

〈S.H.E.L.L.〉本部を飲み込んだ渦は、葉藏たちのいる最上階までたどり着いた。壁がすべて破壊され、天井が渦によって閉ざされる。外界からは声も光も届かず、ここで巻き起こる出来事はなにひとつ外の世界には認識されない。

ここは、ひとつの異界だった。

葉藏と、正雄と、変わり果てた三十一体の美子たち。三者だけが存在し、意思だけが激突する、この世から隔絶された決着の世界。

美子から伸びた触手にとらわれ、身動き一つとれないまま、葉藏はそう認識した。すなわち、葉藏には意識があった。ロスト体となった時には例外なく消し飛んでいた大庭葉藏としての意識と意思が、いま、彼の行動を司《つかさど》っている。

その葉藏を、美子を従えるように周囲にひざまずかせた正雄が見ている。

「見ろ葉藏。理性を失い、心を失い、漠然とした不安におびえるだけの肉の塊。これが、美子が信じた幻の、なれの果てだ！　老人達も美子も幻を信じ、人間の業から目を逸《そ》らしていただけだ！」

使役する美子を足蹴にして、正雄が笑う。美子は声も漏らさずにされるがままになっている。葉藏の声帯は失われている。叫びたくても声は出ない。それでも、全身で吠える。

違う。

こんなものは、美子の信じた未来ではない。美子は美しく笑っていなければならない。彼女が信じた未来で、いつか葉藏が導くあの輝きに満ちた世界で、彼女は笑っていなければならない。

たとえそれがもう、叶わぬ夢になってしまったのだとしても。

葉藏だけは、その未来を、無意味なものにしてはならなかった。

そのために戦う。それだけでいい。それだけが葉藏の意志のすべてだった。

声にならない叫びは葉藏の四肢に力を与え、その身体にさらなるエネルギーを与えた。両腕を胴体に拘束する触手を引き裂くと、自由になった手で体にまとわりつくすべての触手も引きはがす。

周囲を圧する黒い渦はますます膨れ上がる。すでに重力さえ失ったのか、正雄も葉藏も暗闇《くらやみ》の中、足場を失い漂っていた。

「抗う葉藏。お前はそんな世界を終わらせるために生まれた死神だ。だからこそ、お前の心臓から生まれたこの醜い化け物が、〈S.H.E.L.L.〉を巻き添えにそれをなすのだ！」

そうではない。そうではないと美子は言ってくれた。大庭葉藏こそは、文明を再生させることのできる希望だと。世界を救う希望なのだと。

「これが最後だ。俺と来い葉藏。俺のオルフェウスになれ！」

心臓を奪われても、心を失くしても、大切な居場所を奪われ、友を亡《な》くしても。すがりついてでも守らねばならない約束が、この胸にあるのだ。

だからこそ、しなければならないことは決まっていた。

『お前を、殺す』

呪いのように、誓いのように。それ以外のすべての思考を放棄して、葉藏はいま、堀木正雄を葬り去るための機能に徹することを決めた。

胸に触れる。正雄に奪われた心臓のあった場所から、灼熱をまとった武器が生成される。人間だった葉藏の胸を貫いたデバイスソードが、形を変えて現れる。体内から生まれ出たエネルギー塊を混ぜて、葉藏はそれに新たな形を与えた。長い柄の先に、青い刃が付いている。

過去の妄執を切り裂き、未来への道を切り開く、空色の刃。

「そうか。それがお前の答えか」

偽りなく、悲しみを込めて正雄は言った。その先の路《みち》を、おのれひとりで歩いていくと決めた、袂別《べいべつ》の言葉だった。

まばたきの後、正雄の瞳が赤く染まった。両手を掲げ、力をみなぎらせる。呼応するように、めきめきと異様な音を立てて美子たちが身をよじった。

「では、さらばだ、葉藏」

両腕が振り下ろされる。いくつもの触手が葉藏に襲い掛かる。迷いなく葉藏は刃を振りかぶり、一振りのもとに数本の触手を切り裂いた。その陰から別の美子体が現れ、突撃してくる。両足で腹部を蹴り飛ばされ、ピンポン玉のように弾《はじ》かれた葉藏を、五体、六体、七体の美子が追撃する。浮遊する瓦礫を足場にして体勢を立て直した葉藏の前に、すでに美子はいた。振りかざされた爪は鋼の硬度を上回る。柄ではじき、距離を取ろうとしたところを、後ろから触手に追撃される。殺到する美子に蹴られ、殴られ、黒い渦の中でさまようばかりになった。

握りしめた刃が、重い。

躍りくる触手はいくらでも切り裂く。切り裂ける。けれども、美子の姿をしたものを斬《き》るためには、その刃はあまりにも美しすぎた。

「幻を信じたがゆえに、美子はロスト体となった。その娘は、今や俺の意のままだ」

正雄の言葉は真実だった。美子は葉藏を攻撃することにためらいを持たない。表情を失《な》くしたまま、なんの感慨もなく葉藏を蹴り、穿ち、貫こうとする。刃を握る手に力がこもる。叫ぶように葉藏は全身を震わせる。美子じゃない。これは美子じゃない！

「似合いの末路だと思わないか。結局、利用されるのがこの女の運命だったのだ。命を失い、ただの化け物となり下がってさえもな！」

命を侮辱する言葉が響く。そうではない。そうではないことを証明するために、この手に何ができるだろう。

「哀れむなら、お前が運命から解放してやれ！」

襲い来る美子の顔を見る。造形は美子そのものだった。だけど、それは美子ではない。美子ではないのだ！

右手に握った刃は相変わらず重かった。それを振るうことができなかったから、葉藏は左腕を突き出した。てのひらが顔面を摑《つか》む。美子の無表情は変わらない。力を込めるまでもなく、美子の体に灼熱が広がり、深紅の灰となって空間に溶けていった。

美子の姿をしたものを葬った手を見つめる暇さえ、葉藏には与えられない。虚空《こくう》から、複数体の美子が襲い掛かってくる。

すでに、一体を殺した。

覚悟は、その時に済ませていたのだ。

葉藏は刃を握り直し、力をこめて突き出した。空色の刃は切っ先を分裂させ、流星のように伸ばした。闇の中に閃光が走り、霹靂《へきれき》となった刃が美子たちを貫いていく。葉藏はひるまない。彼女たちの硬いはずの皮膚を突き破って体を霧散させる刃をさらに振り、五体、七体と闇の中に葬り去っていく。

しかし、葉藏の目的はそれではなかった。

葉藏は瓦礫を蹴って跳躍する。美子たちが最後の命を燃やして起こす爆発を背に受けて加速する。刃を振りかぶり、突き出す。その先に、正雄の姿がある。

正雄の顔が、驚愕《きょうがく》にゆがむ。

はじめから、狙《ねら》いはこの男ひとりだった。終わらせるための血をひたすらに欲する葉藏の刃は、正雄の胸を貫くはずだった。咄嗟《とっさ》に正雄が呼び出した美子が、その身を挺して彼のことを庇《かば》おうとしなければ。

「美子を陥れた幻を守るために、お前は美子と殺し合う。滑稽《こっけい》じゃないか」

葉藏の刃は正雄に届かない。立ちはだかった美子の胸の中ほどで止まったまま、微動だにしなくなった。正雄の哄笑《こうしょう》が響く。ふたたび殺到した美子たちによって、正雄から引きはがされ、突き飛ばされる。正雄への殺意を持て余したまま、ふたたび美子たちと向かい合う。

先ほど美子を貫いた感触が、まだてのひらに生々しい。

美子、やめろ。

震える声は、やはり音にならない。葉藏の自由を奪いにきた触手を、ぎりぎりのところでかわす。その機に乗じて腹を穿とうとした美子を、反射的に薙ぎ払った。切断され、爆発していく美子の顔が目に入る。

許されぬ罪科を負ったように、葉藏は硬直した。

「まさに道化だ」と正雄は笑った。竹一の顔が、脳裏をよぎった。

葉藏の自失を待っていたように、生き残ったすべての美子たちから触手が伸びた。連続して心臓部に撃ち込まれていく。接触のたびに衝撃にふきとばされそうになる体は、逆方向から貫かれることでその場に浮遊してとどまった。

「愛する者を葬り、解放してやることもできん。それが俺とお前の違いだ」

四肢から力が失われていく。全身を発光させていた炎も消え、やがて瞼《まぶた》を持たない葉藏の瞳から、光が消えた。

握りしめていた刃が、奈落《ならく》へと落ちていく。

「俺の勝ちだ」

＊＊＊

浮遊するだけの葉藏の身体を前に、正雄は深い深いため息を吐いた。臓腑《ぞうふ》の底から絞り出したような、灰色の吐息だった。

あたりには美子を象ったロスト体がまだ幾体か残っている。希望そのものだと信じた男の悲惨な姿を見ても、それらは表情ひとつ変えない。皮肉なものだ。あるいはそれこそが人間の業と言えるのかもしれなかった。

「ようやく、終われる」

最大の障害は取り除かれた。〈S.H.E.L.L.〉そのものを巨大なロスト現象に巻き込み、この世から完全に消滅させる正雄の計画は、もはや成就するのを待つばかりになった。老人たちはすべてロスト体になり果て、ネットワークを統《す》べる本部は壊滅する。〈S.H.E.L.L.〉体制は今日をもって終わるのだ。

旧型のアンチGRMP薬は、対象の自発的死によってしかロスト現象を引き起こせなかった。だからこそ、竹一たちのような命知らずの、みずから死に接近しようとする暴走集団に薬をばら撒き、ヒューマン・ロストを引き起こし続けた。その果てに、第三のアプリカントの発生を期待した。

果たして葉藏は発見された。期待以上の能力を備えて。その心臓を用いた新しいアンチGRMP薬がなければ、今日のこの日の訪れはなかっただろう。まさしくオルフェウス。冥府に下ってなお現世に舞い戻る。葉藏こそは神話に語られる歌詠《うたよ》み、奇跡以上の存在だった。

この国は終わる。その終末の大地に種子を蒔《ま》き、新たな人類の目覚めを待とう。柊美子の予言したように、その前にこの体が朽ちたところで悔いはない。大切なことは、生み出すことではなく、終わらせてやることなのだから。

「志津子」

愛した女の、それが名前だった。

かつて、体内医療装置の研究に没頭した。アプリカントという人ならざる者になった後も同様だった。その研究の行きつくところが〈GRMP〉だった。

その後、患者として正雄の前に現れた志津子の体は、すでに死病に蝕《むしば》まれていた。その命は長くなく、運命を覆《くつがえ》すには正雄の進める医療革命の成功が必要だった。〈GRMP〉と〈S.H.E.L.L.〉体制の実現に向けて邁進した。

救うつもりだった。救えると思っていた。

目の前で志津子がロスト体となる瞬間までは。

体内〈GRMP〉が暴走し、志津子はあたりの無機物を取り込んで化け物になった。人類初のロスト体の誕生だった。

正雄は〈S.H.E.L.L.〉を去った。それから、正雄の長い旅がはじまった。あるべき終わりをもたらすための旅が。そして、旅はまだ続いている。

「ようやく、ここまで来た」

結局、すべては葉藏が現れたことではじまり、終わったのだ。ようやく人間は死を取り戻した。

嘘偽りない感謝のまなざしで葉藏を見た。

静かに浮かぶ葉藏の亡骸。はじめはわずかな違和感だった。気のせいと思い、次に我が目を疑った。そうしてついに、正雄は状況を認識した。

葉藏の、動かぬはずの死体が、動いていた。

「なに？」

美子たちから放たれた触手が微動する。葉藏の体が意思を取り戻したように動く。失っていたはずの熱をふたたび宿し、あたりを鈍い赤光で染め上げた。

葉藏は絶叫する。その雄たけびに呼応して体表から炎が噴き上がる。あまりにも苛烈《かれつ》な、予想していなかった葉藏の復活に正雄の目が見開かれる。葉藏の発する熱が爆発し、取り囲んでいた数体の美子を巻き込んで膨張した。生じた熱風によって、正雄が吹き飛ばされる。

たしかに、正雄の長い旅路は終わる。それはしかし、彼の思い描いた結末にはならない。

＊＊＊

心は、美子にもらったものだった。

――真っ黒い感情が胸を埋め尽くして。

自分に心があると気づいたきっかけはそれだったと、彼女は語った。

思い出す光景がある。

古びた電波塔でみずからのことを語ってくれた美子。青空に包まれて、絵のモデルになってくれた美子。そのどれもが、葉藏の人生には訪れないはずの時間だった。あの時に抱いた感情を、喜びを、まだ葉藏は覚えている。

この胸に、美子の体温を感じている。

「あああああああ」

絶叫は何を振り払うためのものだったのか。意識が覚醒した。噴き上がる熱エネルギーで一体残らず灰燼《かいじん》と化していく美子たちの影の向こうに、爆風で吹き飛ばされる正雄の姿を見た。

正雄もまた、こちらを見ていた。

「葉藏！」

正雄の右腕がおのずから発光する。その光が命令となって、塵《ちり》となった美子を使役する。朽ちることは許さないと正雄の瞳は語っていた。ばらばらになった欠片《かけら》が集い、一体のみ、美子の輪郭を再構築する。美子から放たれた触手の槍《やり》が、葉藏の腹部に突き刺さった。全身を包んでいた紅蓮《ぐれん》の炎を後方に置き去りにして、葉藏は美子を見た。

痛覚はとうにない。損なわれた体を無視し、再生した美子に向かって突進する。掲げた手に、空間を漂っていた空色の刃が戻ってくる。さらに一本、触手が葉藏を貫いた。避けようとも思わなかった。いまさら、それがなんだというのだろう。

振りかぶった。手には刃。彼女が夢見た、美しい空そのものを宿した——。

「あ」

刃は美子を貫いた。貫かれながら、美子は腕を伸ばした。その動きだけは、正雄の意思ではないのだと、葉藏は直観した。だから動かなかった。

葉藏の頬に、美子の手が触れた。その手は体温を持たない。アプリカントとしての能力も持たない。

そのはずなのに。

葉藏の心に、風が吹いた。

「美子」

手を伸ばし、美子の肩に触れる。心臓が脈動する。失われ、再生した心臓。美子の心を息吹《いぶき》として、ふたたび芽吹いたこの心。

「葉藏さん」

心と心が見せる、最後の幻影だった。

あたり一面が黒く染まり、赤く輝き、青を宿して、やがて光としか言いようのない色彩に包まれた。葉藏は生身のままそこにあり、世界は意味を失っていた。

目の前には、すべての虚飾をはぎ取られ、その身ひとつとなった美子がいた。人間のままの、白い肌。その肩に、手を置いた。

「葉藏さん」

美子の涙をぬぐうことなく、流れる涙を見ずに済むように背に腕を回した。華奢な体を抱き寄せると、嗚咽《おえつ》を漏らす美子の腕が、背中に回された。

互いの、心臓の音が聞こえた。

「一緒に逝《い》こう」と葉藏は言った。「おれたちはすべて間違った」

美子は泣きながらうなずいた。うなずきながら、葉藏の肩で泣いた。葉藏は目を閉じた。

もう、これでいい。

すべての感情を置き去りにして、美子とこのまま終わってしまいたいと思った。

願いを叶《かな》えるように、葉藏の体は奈落へと落ちていった。ロスト現象が巻き起こした渦の底で、やがて爆発が起こった。葉藏が抱きしめた美子の体が砕け散った。

そして、葉藏も散った。葉藏の体が秘めていた熱エネルギーが、急激に膨張した。爆発は、黒い渦そのものを飲み込んだ。〈S.H.E.L.L.〉本部を覆う巨大ロスト体もろとも消し飛ばした。空前の巨体によるヒューマン・ロストは、空前の規模の竜巻を伴った。

噴き上がった爆炎は尾を引いて天空へと駆けあがる。風が巻き起こって、散っていく。空を覆っていた暗い雲に巨大な穴を穿ち、なおも爆発は膨らみ続ける。終わることを拒み続ける人類の、それは天への挑戦のようだった。

爆発の余韻は、数時間に及んだ。その間、爆心地となった東京には吹き返しの暴風が巻き起こり続けた。


午前五時。

描いたような青空が、頭上に広がっていた。

「空が、青い」

葉藏は、生きていた。みぞおちから流れ出る血だけが、白い肌の存在を証明している。以ロスト体となっても人間に戻る。その能力を持たない美子は、もうここにはいない。以前の葉藏と異なっているのは、髪の色だけだった。朝日を透かして、すっかり白くなった頭髪が、緋色《ひいろ》に輝いた。美子を失ったショックでか、アプリカントとしての生態によるものか、葉藏自身にすら判断はつかない。人間は立ち止まり続けることはできない。変わっていくことしかできないのだ。葉藏の手には、デバイスソードがあった。厚木に託され、葉藏自身の胸を貫き、あの黒い渦の中で美子の胸を貫いた、血まみれの刃。まだこの刃で切り伏せねばならないものがひとつだけ残っていることを、葉藏は知っていた。

「無理心中に失敗したって顔だな」

息も絶え絶えの声は、背後から聞こえてきた。正雄のものだとは、視線をやらずとも知れた。体中から血を流しつつも、正雄もまた、爆発を生き延びていた。赤茶けた大地がむき出しになってあたりを覆っていて、世界はまるで原始風景のようだった。ここにビル群があったことを示すのは、岩肌に刺さった金属の棒くらいのものだった。ひしゃげてねじれた、階段の手すりだ。

その棒が、濃い影を落としていた。

青い空の下、あれだけの惨劇に見舞われた瓦礫だらけの東京は、それでも美しかった。きらきらとさんざめく朝日を弾いて、ここから何かが再生していくのだと、そんな夢想を信じてしまえるほどに。

「まだ終わりじゃない」

呻《うめ》きながら近寄ってくる正雄を、葉藏は見ない。それはもう、終わったことだった。葉藏にとっても、おそらくは正雄自身にとっても。長く続いてきたあらゆる事柄については、いつだってそれが問題になる。どうやれば終わらせることができるのか。

「この下にある〈S.H.E.L.L.〉の本体を破壊する。手伝え」

瓦礫と化した足元を憎々し気に見つめる。正雄の右腕は真っ赤に染まり、もうその機能を失っているようだった。

「アプリカントにも限界寿命はある。俺はもう終わりだ。だから、その前に」

葉藏は答えない。ただ、美しすぎるほどの朝日を見つめている。正雄はその横顔を見つめた。見つめながら、息を吐いて笑った。あるかなきかの、風が吹いた。葉藏と、正雄の髪を揺らして。

「不治の病に侵された患者がいてな。〈S.H.E.L.L.〉が完成すれば彼女を救えると思った。実験の最中、彼女がロスト化したとき、確信した。〈S.H.E.L.L.〉は間違いだったと」

はじめて正雄の声を聞いた気がした。振り向き、目を見た。穢《けが》れのない目だった。思えば、葉藏以外の誰もが自分の使命を信じ、自分の正義を信じていた。だからこそ、終焉はここまで徹底された形となって訪れたのだろう。譲れぬものがぶつかり合えば、喰らい合うしかない。

「あんたは、その人を愛してた。救えなかった自分が許せないだけだ」

正雄は何も言わなかった。愛した者を救えなかったのはお前も同じだろう、と正雄の瞳が告げていた。まっすぐに見返し、告げる。

「おれには美子が見せてくれた未来がある」

正雄には、愛した人と過ごした過去だけが残された。たとえ葉藏と正雄の違いがそれだけだったのだとしても、十分だった。生きるための理由があるものと、終わらせるための責務があるもの。どちらが幸せかはわからないままだ。わからないことだらけの道を進んでいくことには慣れている。

「自分を見失うだけだぞ。あの自画像のように」

「もう、見失わない」

葉藏は決意を掲げ、正雄はまぶしいものを見るように目を眇《すが》めた。ただ、一切は過ぎてゆくのだ。望むと望まざるとにかかわらず、喪《うしな》ったものと手に入れたものの天秤《てんびん》を眺めながら、人はこの世界を生きていかなければならない。叫んでも拒んでも受け入れても望んでも、どの道、人の世は続くのだから。

太陽がふたりを照らしている。長い長い夜をぐるようだった物語の決着をつけるには、似合いの光だった。

「やれよ」

正雄が言った。そうするしか、終わらせる方法はなかった。そのことを、葉藏も正雄も承知していた。葉藏はデバイスソードを構えて突進し、正雄は胸ポケットから取り出したナイフで迎え撃った。デバイスソードが正雄の心臓を、ナイフが葉藏の心臓を、それぞれ間違いなく刺した。血があふれ、息が荒くなる。正雄は満足そうに笑い、葉藏を見た。お前の旅は、まだ長そうだな。乾ききった唇が、ささやくようにそう言うのを、葉蔵は聞いた。

足元から黒い渦が噴き上がってくる。こうして刺し違えれば、葉蔵のロスト化は免れ得ない。葉蔵と正雄の違いはひとつだけ。

すでに寿命を迎えた正雄は死に、朽ち果て。

第三のアプリカントの能力を持つ葉蔵は、また人間に戻って生きながらえる。

「志津子」

最後に、正雄は愛する者の名を呼んだ。目を閉じて燃えていく正雄の顔を見ながら、最後の最後に愛をこめて他人の名を呼べるのであれば、こいつは最後まで人間だったのだろうと思った。東京に、またも黒い渦がひとつの火柱を立てた。おのれの生み出したすべてを破壊するために走り続けた男の、それが墓標になった。

エピローグ

半年が過ぎた。

金属の階段を上る足音が、夜の虚空《こくう》に響いて溶けていく。美子《よしこ》と再生のビジョンを見た電波塔のデッキへと続く階段を、葉藏《ようぞう》は上っていた。眼下には星屑《ほしくず》をぶちまけたような街の灯が広がっている。人々の営みは続いている。これまでそうしてきたように、到底乗り越えられぬと思われた悲劇を軽々と乗り越えて、連綿と続いているのだ。

「作戦終了後、回収ポイントで落ち合う」

厚木《あつぎ》の声が通信で届く。この半年間で何度も指示を受けてきた。厚木の指令はいつもシンプルで合理的だった。はじめこそ戸惑ったが、いまはもう、厚木を疑うことはしない。言われた通りに現場に赴き、言われた通りの任務をこなせばそれでいい。抱えた傷も、目指すべき未来も共有しているのだから。

「澁田《しぶた》だ。タワー周辺で確認されたロスト体の数は二百八十三。〈S.H.E.L.L.〉の予測では、そのうちのおよそ一割が第二アプリカント因子を持っている」

あの爆発を生き延びた人間は、決して少なくなかった。澁田もそのうちのひとりだ。

〈S.H.E.L.L.〉という組織もヒラメという組織も、そのうちのひとつだったと言っていいかもしれない。あれだけの壊滅的な打撃を受けながら、人々の健康と長寿を欲する心がふたつの組織を驚くべきスピードで再生させた。

　しかし、〈S.H.E.L.L.〉本来の機能は損なわれたままだ。

　健康保障システムは、第二アプリカント因子が〈S.H.E.L.L.〉のネットワークを介し、全国民の健康基準として同期された影響か、合格者消滅後も辛うじて維持された。だが、新たな合格者による健康基準の上書きはできず、いつその効力が失われるともわからない。一方、ヒューマン・ロストは、正雄《まさお》が〈S.H.E.L.L.〉そのものを巻き添えにして全国民をロスト化させようとした影響もあり、彼の予言通りに頻発している。そして、一部のロスト体には第二アプリカント因子をもつ個体がみられるようになった。

　老人たちが切り刻み、その身を貪《むさぼ》った柊美子は、いまもこの世界に生きている。

「お前のビジョンとリンクし、ロスト体をモニター中だ。長い夜になるぞ、葉藏」

　厚木の乗る哨戒《しょうかい》機があたりをライトで照らして飛び去って行く。葉藏は階段を上り終え、デッキの際に立った。都市には終わりがないようだった。ところどころに黒い空き地を残しながらも、見渡す限りに光の川は続いている。文明の灯は、夜空を押し上げるほどに盛んだ。

「人間は合格も失格もせず、健康基準のカオスはいつ復旧するかわからん。生き残った我々が、時間を稼がなければ」

澁田の声が通信機から響く。文明曲線はあれ以来一度も形を定めることなく、再生も崩壊もないまま蠢《うごめ》き続けている。つまり世界は、正雄と美子、それに葉藏が見た未来の間で拮抗《きっこう》しているのだ。天秤がどちらに傾くかはまだ誰にもわからない。だからこそ、葉藏はいま、こうしてロスト体の駆除をしている。

その先に、夢見た未来が待っていることを信じて。

デバイスソードの切っ先を胸に当てる。力を込めて貫き通す。体中の細胞が燃え上がっていくのを感じながら、一歩二歩と歩み、電波塔から落下した。その先には、放棄され、廃墟《はいきょ》となった商業センターがある。数百に及ぶロスト体が闊歩《かっぽ》しているという。落ちていくさなか、葉藏は極めて明確な幻覚を見た。ここに至るまでの、自分の日々だった。

多くの人に助けられ、愛され、労《ねぎら》われたにもかかわらず、おのれの価値を信じてこなかった。人の言葉を信じられず、世界の意味を見失った。すべて間違い続けたあの日々が、もう少しマシなものだったなら、違った結末を迎えられたのだろうか。

血が爆《は》ぜた。鉄骨を巻き込んで、ひび割れた肌が鋼鉄を貼《は》り付けていく。火球となって天蓋《てんがい》を砕いた葉藏の身体が、鬼の姿となる。みぞおちから引き抜いたデバイスソードが、空色の刃となって輝いた。

「葉藏さん」「葉藏さん」「葉藏さん」

第二アプリカント因子を持ったロスト体が、意思もない屍《しかばね》のくせにむらがり、美子の声で呼びかけてくる。狂いそうになる怒りの中、葉藏は月光を浴びて刃を構えた。床に散乱したガラス片が、光を反射させている。いつもと変わらない。これまでも、これからも、おれはこいつらを殺し続けるだけだ。ロスト体を駆除し続けることで崩壊の未来を防ぎ、あるべき未来を招来する。そのための力が、葉藏にはある。葉藏にしかない。

人類のためじゃない。おのれのためでもない。

両足に力を込め、空中へ飛ぶ。刃を構える。足元を這《は》いまわるロスト体たちに、彼らを死に至らしめる凶器を突き出す。輝きは、闇の一条となって空間を裂き、怪物たちの胸を、命を貫いていく。噴き出す血を浴び、口をゆがませ、葉藏は惨殺《ざんさつ》し、虐殺《ぎゃくさつ》する。

いつ終わるとも知れぬこの殺戮《さつりく》の日々を、葉藏はこれからも生き続ける。

そう誓った。

彼女が信じた未来が訪れるまで、おれは何度でも死に、何度でもよみがえる。それが、ただひとり心から愛した女性さえ守ることができなかったおのれにできる、唯一の償いなのだ。

「恥の多い生涯を送って来ました」

本書は新潮文庫のために書き下ろされた。

新潮文庫の河野裕作品

その街で、現実は物語《フィクション》に出会う。

さよならの言い方なんて知らない。

さよならの言い方なんて知らない。2

さよならの言い方なんて知らない。3

（2020年1月刊行）

架見崎シリーズ

イラスト：越島はぐ

この物語はどうしようもなく、
彼女に出会った時から始まる。